KING E AS Libélulas

Kacen Callender

KING E AS Libélulas

TRADUÇÃO: VIC VIEIRA

Diretor-presidente:
Jorge Yunes
Gerente editorial:
Luiza Del Monaco
Editor:
Ricardo Lelis
Assistente editorial:
Júlia Tourinho
Suporte editorial:
Juliana Bojczuk
Estagiária editorial:
Emily Macedo
Coordenadora de arte:
Juliana Ida
Assistentes de arte:
Daniel Mascellani, Vitor Castrillo
Designer:
Valquíria Palma
Gerente de marketing:
Carolina Della Nina
Analistas de marketing:
Flávio Lima, Heila Lima
Estagiária de marketing:
Agatha Noronha

King and the Dragonflies
Text copyright © 2020 by Kacen Callender
Permission for this edition was arranged through the Gallt and Zacker Literary Agency, LLC.
© Companhia Editora Nacional, 2022

Todos os direitos reservados. Nenhuma parte desta obra pode ser reproduzida ou transmitida por qualquer forma ou meio eletrônico, inclusive fotocópia, gravação ou sistema de armazenagem e recuperação de informação sem o prévio e expresso consentimento da editora.

1ª edição – São Paulo
Diagramação:
Vitor Castrillo
Preparação:
Bruna Miranda
Revisão:
Arthur Ramos, Lavínia Rocha
Ilustração e projeto de capa:
Douglas Lopes

DADOS INTERNACIONAIS DE CATALOGAÇÃO NA PUBLICAÇÃO (CIP) DE ACORDO COM ISBD

C157k	Callender, Kacen
	    King e as libélulas / Kacen Callender ; traduzido por Vic Vieira. - São Paulo, SP : Editora Nacional, 2022.
	    208 p. ; 14cm x 21cm.
	
	    Tradução de: King and the Dragonflies
	    ISBN: 978-65-5881-086-5
	
	    1. Literatura infantojuvenil. I. Vieira, Vic. II. Título.
	
	                                                                                CDD 028.5

2021-4375	CDU 82-93

Elaborado por Vagner Rodolfo da Silva - CRB-8/9410

Índice para catálogo sistemático:
1. Literatura infantojuvenil 028.5
2. Literatura infantojuvenil 82-93

Rua Gomes de Carvalho, 1306 – 11º andar – Vila Olímpia
São Paulo – SP – 04547-005 – Brasil – Tel.: (11) 2799-7799
editoranacional.com.br – atendimento@grupoibep.com.br

Para todes que amam, não importa o quê.
Ficaremos bem.

1

As libélulas vivem no bayou — que são aquelas regiões pantanosas e pequenos riachos que se formam a partir de grandes rios —, mas não há como saber qual delas é meu irmão. Eu nunca vi tantas libélulas nessa época do ano. Há centenas, talvez milhares, pousadas nos galhos das árvores e nas pedras, cozinhando sob o sol, esvoaçando sobre a água suja que emerge da terra, cruzando o céu, exibindo suas asas fantasmagóricas. Felizes em seu próprio paraíso das libélulas.

Eu quero perguntar ao Khalid — quero perguntar a ele, "Por que você escolheu uma libélula? Por que não algo mais legal, tipo um leão, uma onça ou um lobo?". E se ele ainda estivesse no corpo que está enterrado no solo do cemitério de Richardson, ele me daria um tapa na cabeça com um sorriso torto e diria:

— Me deixa em paz. Posso escolher ser o que quiser.

E eu não seria capaz de discutir, porque sei que ele estaria inteiramente certo sobre isso.

Gosto de procurar por meu irmão no bayou à tarde, na longa, quente e suarenta caminhada de volta do colégio, seguindo a estrada de terra compacta que serpenteia pelos arbustos espinhosos com suas grandes folhas macias, entre as árvores com musgos e videiras, as cigarras fazendo seu barulho e os pássaros assoviando suas canções. Parece que aquelas árvores estão sempre observando. Como se tivessem um segredo para me contar se eu apenas parasse por um segundo para esperar e escutar. Ou poderiam ser fantasmas. Como diz minha mãe: "Há muitos fantasmas aqui em Louisiana observando todos os seus movimentos, então é melhor se cuidar."

Estou fazendo exatamente isso — cuidando da minha vida, chutando algumas pedras no caminho, pensando no meu irmão e em libélulas e no mundo e no universo, porque pode ser engraçado às vezes pensar em como somos pequenos, não importa o corpo que habitamos — quando ouço um ruído atrás de mim. Eu me viro e enxergo uma picape branca enferrujada se aproximando, levantando poeira, então dou um passo para a beira da estrada e fico na grama amarronzada esperando que o carro passe voando, mas a picape desacelera até parar bem ao meu lado. Há alguns garotos brancos dentro do carro, mas meu coração afunda até o estômago quando vejo o motorista. Mikey Sanders.

Ele era da turma do meu irmão. Ele odiava meu irmão. Meu irmão odiava ele. Mas a maioria das pessoas o odeia pelo fato de Mikey Sanders ter ajudado a matar um homem. Ninguém fala disso por causa de quem o pai dele é — ninguém admitiria no tribunal que os garotos mais velhos da família Sanders ajudaram três outros assassinos a espancar um homem negro até a morte e então o arrastaram por todo o bayou. Mas todo mundo sabe que foi a caminhonete branca de Mikey Sanders que o arrastou. O mesmo carro que ele está dirigindo agora, bem aqui na minha frente.

Ele tem uma queimadura de sol no rosto e minúsculos olhos azuis e cabelos pálidos, tão pálidos que podem quase ser brancos também. Ele está fumando um cigarro, e sei que ele ainda não tem nem dezoito anos, e veste uma camisa com colarinho como se tivesse acabado de voltar da igreja.

Meu irmão e Mikey se metiam em brigas — e estou falando de uma verdadeira porradaria com troca de socos. Meu irmão disse que Mikey é racista, que Mikey o chamou da palavra que começa com N[1] e fez ruídos de macaco e deixava bananas sobre sua mesa. Até mesmo amarrou uma camiseta como um laço de forca e colocou no armário do vestiário do meu irmão. Isso não é surpreendente, acho, já que Mikey Sanders é o neto de Gareth Sanders, que era um membro dos encapuzados da KKK. E agora Mikey Sanders está aqui, olhando para mim como se estivesse pensando em me arrastar da traseira de sua picape também.

Ele não diz nada por um bom tempo. Apenas me olha de cima a baixo, o motor da picape ainda rugindo e sacudindo, quase tanto quanto estou tremendo. Seus amigos nos assentos do passageiro e no traseiro estão silenciosos como pedras.

Mikey descarta o cigarro com um peteleco para o chão e suga o ar entre os dentes. Eu me retraio, e sei como devo parecer para ele. Eu pareço com medo, como se estivesse prestes a fazer xixi nas calças. Eu não me importo, porque é exatamente assim que estou: assustado como o dia em que nasci e fui empurrado aos prantos para este mundo. Eu estava com medo em estar vivo antes, e estou assustado que vou morrer agora.

Mikey finalmente fala.

---

1. A Palavra com N (*The n-Word*), é um eufemismo que faz referência a uma expressão racista e extremamente ofensiva originada nos Estados Unidos colonial. É um xingamento racial utilizado até hoje por supremacistas brancos de vários países. [N. E.]

— Sinto muito pelo seu irmão — diz ele.

Eu não respondo. Não sei se ele está falando sério, se está brincando ou se está apenas sendo maldoso.

Ele dá de ombros, como se pudesse escutar todas as minhas questões e não soubesse nenhuma das respostas.

— O que você está fazendo por aqui? — ele diz, vasculhando as árvores ao meu redor.

Eu ainda não digo nada. Será que ele está tentando descobrir se estou sozinho nessa estrada? Tentando ver se conseguiria se safar ao me matar também?

Ele olha para mim de novo, ainda sugando os dentes. Deve ter algum pedaço de comida presa.

— Estamos indo para a cidade. — Ele coça o nariz. — Quer entrar na traseira?

Algo se apossa de mim e fico incapaz de me mexer. Eu balanço a cabeça uma vez, rápido e com força.

Mikey se remexe no assento.

— Sabe, seu irmão...

Não tenho certeza o que ele dirá em seguida, e talvez ele também não porque corta a frase ali mesmo.

— Te vejo por aí.

E ele arranca pela estrada, acelerando até ficar fora de vista, deixando uma nuvem de poeira para trás. Eu fico em pé bem onde estou, respirando fundo e trêmulo, e espero até que meu coração sossegue. O que meu pai diria se me visse tão assustado assim? O que meu irmão diria?

Eu sei o que meu irmão diria.

— Não tem como viver sua vida como um covarde. Se está sempre ocupado demais se escondendo, então não está vivendo de verdade, não é?

Respiro fundo mais uma vez e continuo a andar.

A estrada de terra se torna pedregosa com cascalho e então se torna pavimentada, e estou exatamente onde deveria estar, andando pela coleção de trailers prata do bairro e casas apaineladas, suas janelas com persianas e cortinas fechadas, carros enferrujados e caminhões cintilando sob o sol e coletando toda a luz do mundo, refratando-a direto para meus olhos. O dia está quente. Os últimos meses têm sido particularmente quentes aqui em Louisiana, mas hoje parece que o diabo saiu da cova. Estou suando por todos os poros enquanto caminho, as meias molhadas e minha camisa grudando nas costas. Minha bolsa está vazia, mas parece que há uma tonelada de pedras puxando meus ombros para baixo.

A casa dos meus pais é no fim de uma longa estrada, mais longe do que a de todo mundo, com paredes de tinta branca descascada e um jardim frontal de grama amarelada e morta. Eu piso duro nos degraus e pego a chave na mochila. Costumava ser a chave de Khalid. É de cobre, como uma moeda desbotada. As mãos de Khalid eram maiores do que as minhas quando mergulhavam na mochila e puxavam a chave depois da caminhada do colégio de volta para casa sob o mesmo céu, o mesmo calor, tudo igual ao de antes, exceto pelo fato de que Khalid se foi. Ele destrancava a porta, e nós dois caíamos na sombra, nos atropelando para pegar o controle remoto da TV primeiro. Khalid quase sempre vencia nossa corrida só para mostrar que podia, mas também, na maioria das vezes, ele me deixava assistir o que eu queria de qualquer maneira.

Luzes difusas entram em um redemoinho pelas janelas e cortinas leves. A sala de estar é toda em madeira — paredes cobertas por painéis de madeira, piso de madeira — e móveis que são grandes demais para o espaço, com plástico cobrindo a cadeira de descanso favorita do meu pai. Minha mãe diz há anos que precisamos redecorar, e acho que ela poderia ter feito isso, mas hoje em dia ela costuma apenas se sentar e ficar com o olhar fixo, a mão no queixo — até acordar com um estalo e erguer o olhar com um sorriso. O sorriso da minha mãe me deixa louco às vezes. Eu sei que é falso. Ela sabe que é falso. Então por que ela sempre finge sorrir?

Minha mãe ainda está no trabalho nos correios, e meu pai ainda está trabalhando no canteiro de obras, então estou sozinho agora, tentando não lembrar de como Khalid estaria esticado no sofá, caindo no sono com o celular na mão. A TV está ligada passando uma reprise de algum anime, e estou apenas sentado no sofá no lugar em que Khalid costumava se sentar, encarando e piscando e pensando. O que Mikey Sanders ia dizer sobre meu irmão?

Será que Mikey sabe que meu irmão é uma libélula?

Aconteceu no funeral. Estávamos na primeira fileira da igreja superaquecida. Alguém estava chorando atrás de mim. A maioria das pessoas estava sacudindo os papéis do velório para espantar o calor. Meu pai costumava me dizer o tempo todo que meninos não choram, mas sentado ali naquele dia, o rosto molhado, a água salgada pingando de seus olhos, escorrendo pelo nariz e queixo, e ele não se preocupou em enxugar o rosto, não se preocupou em tentar esconder. Eu nem sabia que poderia ter tanta água dentro de uma pessoa — como se ele estivesse escondendo um oceano inteiro sob a pele.

As mãos da minha mãe estavam fechadas com força, segurando um pano amassado em seu colo, e ela estava encarando sem piscar, com os olhos arregalados — encarando o local onde o antigo corpo do meu irmão estava repousado no caixão. Eu sei que a maioria das pessoas diz que uma pessoa morta parece que está dormindo, mas eu não concordei com isso. Eu sei como meu irmão se parecia quando estava dormindo. Ele estava sempre sonhando. Sempre sorrindo, ou franzindo a testa com algo que eu não podia enxergar, soltando uma risada antes de balbuciar e se virar para o outro lado, até mesmo falando comigo em algumas noites. Nós dividíamos a mesma cama em nosso pequeno quarto apertado, e às vezes eu o chutava para que ele calasse a boca e me deixasse dormir também, mas outras vezes eu me sentava abraçando os joelhos rente ao peito e escutava. Ele dizia coisas que não faziam sentido ou falava tão baixo que eu não conseguia ouvir o que ele estava me dizendo, mas às vezes ele sussurrava segredos sobre o universo. Era como se ele recebesse um bilhete especial para ver um mundo mágico em seus sonhos, mesmo que não conseguisse se lembrar de nada quando acordava.

Aquele garoto deitado ali no caixão não estava dormindo. Ele nem era o meu irmão. Era como a segunda pele de uma cobra: descartada, esquecida e oca no chão. Eu estava com raiva naquele dia. Por que ficaríamos ali sentados, chorando por causa de uma pele esquecida? É como ficar de luto pelo casulo de uma mariposa. Se Khalid tivesse nos visto ali chorando por causa de seu corpo antigo, o que ele teria feito?

Meu irmão podia deslizar para um outro universo em seu sono. *Somos todos feitos de luz.*

Eu só conseguia pensar nisso, assim que o coral começou a cantar, uma libélula voou pela janela — e eu sei que aquelas asas deveriam estar batendo quilômetros por minuto, mas era como se elas houvessem desacelerado de alguma forma, aqueles padrões cristalinos reluzentes e cintilantes. O pequeno corpo verde da libélula e seus olhos grandes flutuaram na minha frente e pousaram na beirada do caixão.

Às vezes eu ficava sentado na cama a noite toda, ouvindo meu irmão contar sobre os outros mundos que podia enxergar.

Há um céu roxo, King. Há cogumelos tão altos quanto árvores. Eu tenho asas de libélula.

Eu devo ter adormecido no sofá, porque a próxima coisa de que me lembro é o meu pai soltando um suspiro enquanto se curva sobre mim, a corrente pendurada no pescoço encostando na minha bochecha, e posso sentir o cheiro de sal e suor de um dia duro de trabalho enquanto ele sacode meu braço.

— O que eu falei sobre dormir e deixar a TV ligada, hein? — Sua voz é suave, então sei que ele não está com raiva.

— Desculpa, senhor.

Eu me sento. A tela da TV já está preta e a sala de estar silenciosa. Às vezes esse lugar é tão quieto e parado quanto um cemitério.

Meu pai fica em pé na minha frente por um segundo, deixando o olhar vasculhar meu rosto. Não sei em que ele está pensando, mas poderia tentar adivinhar: ele acha que estou crescendo rápido. Ele está preocupado que vai me perder também. Ele acha que eu me pareço com meu irmão. É isso que eu penso toda vez que vejo meu reflexo. Meu rosto está mudando de repente, se moldando e se transformando tão rápido que, às vezes, eu olho no espelho e me assusto porque acho que há um pequeno menino fantasma em meu quarto, um fantasma de quem meu irmão era. Cabelos crespos pretos, olhos castanhos e pele marrom, do tipo que "tem uma pitada de Creole", como minha mãe costuma dizer.

Meu pai me deixa sentado no sofá sem dizer mais uma palavra, a porta de seu quarto fechando no fim do corredor. Ele desabou no dia em que meu irmão morreu — um pedacinho do seu coração aqui, um pedacinho da sua mente ali, um pedacinho da sua alma perdido em algum lugar... não sei se esse será encontrado — e aos poucos ele tem recolhido os pedaços… Se ele soubesse a verdade, se ele soubesse que meu irmão não se foi de verdade, aposto que ele se sentiria melhor sobre tudo isso.

Mas não posso contar a ele. Não posso contar que meu irmão virou uma libélula porque foi isso que ele me contou em meu sono. Ele veio até mim, como sempre fez, pelo menos uma vez por noite — veio até mim e disse que é melhor guardar os segredos, porque às vezes as pessoas não estão preparadas para ouvir a verdade. *E tudo bem, King, ele disse, porque você não precisa que as outras pessoas saibam a verdade também. Contanto que essa verdade exista em você.*

2

Meu nome é King.

Bem, na verdade é Kingston, mas todo mundo me chama de King.

Kingston Reginald James.

Odeio meu nome. Faz com que eu pareça um cabeçudo para qualquer um, mesmo que tenham acabado de me conhecer. Mesmo que não saibam quem eu sou. Minha mãe e meu pai me disseram uma vez, muito antes do meu irmão morrer, que eles me chamaram de King para que eu me lembrasse de quem sou, de onde eu vim, que eu tenho ancestrais que costumavam reinar seus próprios impérios antes de serem sequestrados, que eu tenho o sangue de deuses... Isso é o que eles dizem, e talvez faça sentido, mas não muda o fato de que todo mundo olha para mim como se eu fosse um idiota sempre que conto a eles meu nome.

King James.

Isso é uma piada?

Eu me esforço para não agir como um cabeçudo, como meu nome sugere. Fico de boca fechada a não ser que alguém faça uma pergunta com meu nome no início, e me certifico de dizer por favor e obrigado, e abro a porta e carrego sacolas para senhorinhas atravessando a rua e digo "sim, senhor" e "sim, senhora" exatamente do jeito como fui ensinado. A maioria das pessoas acham que, porque eu não falo muito, sou o rei mais tímido que já pisou sobre a terra, mas não sou tímido de verdade. Eu só não gosto de falar muito. Falo ainda menos agora que Khalid se foi.

Meu pai me deixa no colégio a caminho do canteiro de obras do outro lado da cidade, como ele faz toda manhã, e antes que eu possa sair da picape, ele apoia a mão no meu ombro e faz aquela coisa que ele tem feito, olhando tão intensamente para meu rosto que eu acho que ele está tentando memorizar o número de poros em minha pele. Talvez naquele instante efêmero ele se lembrava de como deixava meu irmão no colégio também.

— Tenha um bom dia — ele diz, apertando um pouco meu ombro.

— Obrigado, senhor.

Ele hesita.

— Eu te amo.

Bem, meu pai nunca diz isso. Eu nunca ouvi essas palavras saindo da boca dele, nenhuma vez. Nunca para minha mãe. Nunca para meu irmão. Nunca para mim.

Minha mãe, antes de tudo mudar, dizia isso quando me abraçava ou me dava boa noite, o tipo de *eu te amo* que soa quase como o início de uma canção ou um longo poema, com aquele sorriso dela — um sorriso de verdade, não os sorrisos falsos que ela gosta de distribuir o tempo todo agora — para eu saber que, sim, minha mãe me ama, e sempre me amará, não importa o que aconteça.

E Khalid, ele costumava dizer rápido, quase como uma piada que compartilhávamos, só nós dois. *Te amo, maninho!* Ele não dizia o tempo todo, mas disse antes do campeonato de futebol quando teve que ir até o Mississippi por um fim de semana e quando teve que viajar até Washington, DC, com sua equipe de debate. Ele enfiava a mão no meu cabelo e bagunçava os cachos já embaraçados com uma risada. *Te amo!*

Mas meu pai? Eu nunca ouvi essas palavras saírem da boca dele, nem uma vez. Eu congelo, paralisado, quando o ouço dizer isso. Não faço ideia do que fazer.

Meu pai me solta e desvia o olhar sem dizer mais nada, o carro ainda rugindo. Eu deslizo para fora do assento e saio, batendo a porta atrás de mim. A picape do meu pai se afasta e eu fico em pé ali como se planejasse crescer raízes a partir da sola dos pés. Eu deveria ter dito o mesmo em resposta? Seria esquisito dizer algo assim para o meu pai. Não é como se não fosse verdade. É claro que eu amo meu pai. Mas esse é o tipo de coisa que você apenas não diz. Pelo menos, não é o tipo de coisa que dizemos um para o outro.

Do nada, alguém pula nas minhas costas e quase me arremessa de encontro à terra.

Eu me viro.

— Darrell!

Ele solta uma gargalhada, se curvando para frente. Darrell está sempre rindo. Ouvir sua risada costumava me fazer querer rir junto com ele, mas hoje em dia, eu só quero perguntar por que ele acha tudo tão engraçado o tempo todo.

Anthony também está ali, com a mochila pendurada em um ombro.

— Por que você tá parado aí? — ele pergunta, e começamos a andar, passando pela quadra de basquete e pelo campo de grama verde amarronzada em direção ao banco no qual todo mundo se senta antes das aulas.

Bem, não todo mundo. Camille decidiu que esse banco era apenas para as pessoas que ela gosta e sempre que mais alguém tenta se sentar ali, Camille grita com a pessoa e faz com que ela saia. Eu sei que isso não é muito legal, mas não quero entrar numa briga com ela, então só fico de boca fechada e me sento com o resto do pessoal.

Beleza, então aqui está o resumo: Tem o Darrell, que é mais baixo do que todo mundo por aqui, mas vence de qualquer um no basquete (e então ri na cara deles quando ganha). Tem o Anthony, que é branco e provavelmente o mais maduro, porque ele tem catorze anos e reprovou um ano porque não fazia o dever de casa (ele diz que está ocupado demais ajudando seu pai na pesca de lagostins), mas também porque é o tipo de pessoa que escuta e não julga ou é maldoso sem motivo. Tem a Breanna, que é mais alta do que todos nós, mas não sei muito sobre ela, exceto que é a melhor amiga de Camille. Tem a Camille, que diz ser a menina mais bonita em nossa turma porque ela tem a pele de um tom marrom claro e olhos que não são castanhos... mas eu secretamente acho que Jasmine é ainda mais bonita. Jasmine tem a pele e os olhos tão escuros quanto os de Lupita Nyong'o e seus cabelos espessos se avolumam como um halo. Seus olhos são puxados para cima nos cantos e delineados por cílios grossos. Ela não se esforça muito para chamar atenção. Isso é o que eu mais gosto nela.

Ela se senta no topo do banco, seu tênis All-Star sobre o assento. Eu me sento ao lado dela.

— Como você tá? — ela pergunta, e eu também gosto como ela faz essa pergunta, porque ela não diz isso no sentido *você está bem agora que seu irmão está morto?* Ela diz isso com o sentido *você pode me contar qualquer coisa que quiser quando estiver preparado.*

Digo a ela que estou bem e começamos a conversar sobre nossos animes favoritos, mas Darrell interrompe fazendo barulhos de beijo.

— Para com isso, Darrell, você é tão irritante! — Camille diz.

— Não sou irritante — ele grita. — *Você* é irritante!

Ela bota as mãos na cintura.

— Muito bem, Darrell. Ótima resposta.

O rosto de Darrell fica roxo e é óbvio que ele está tentando achar uma resposta melhor. Camille dá um sorriso de canto de boca.

— Não precisa fazer força.

Jasmine revira os olhos, mas posso sentir a vergonha irradiando dela, porque está irradiando de mim também. Um garoto e uma garota não podem ser amigos sem todo mundo achar que estão namorando? Jasmine olha para mim como se estivesse pensando a mesma coisa.

Mas então eu me pergunto: *Será* que a Jasmine quer sair comigo? Eu nunca tive uma namorada antes. Acho que Jasmine nunca teve um namorado. Se gostamos um do outro, é isso que deveríamos fazer? Qual é a diferença entre gostar de Jasmine como amiga e gostar de Jasmine como namorada? E se começarmos a sair juntos, o que isso significaria? Que teríamos que nos beijar e andar de mãos dadas e dançar lentamente no baile formal de inverno? Talvez eu possa perguntar ao Khalid no caminho de volta para casa — as garotas sempre gostavam dele, sempre eram atraídas por ele e pediam para sair com ele e...

Então eu me lembro e uma mão invisível se entranha em meu peito e agarra meu coração com tanta força que ele para.

A dor deve transparecer em meu rosto inteiro porque Jasmine sussurra:

— Você tá bem, King?

— Sim — digo, rezando para que ela não diga mais nada; não quero nenhuma atenção em mim, não agora, não quando posso sentir os olhos começando a arder com o sal.

Minhas orações são atendidas, porque Jasmine assente e me deixa quieto. Não tenho muito com o que me preocupar, de qualquer maneira — os outros estão ocupados demais se divertindo.

— Deixa eles em paz, Darrell — Camille diz, batendo em seu braço. — Você só tá com ciúmes!

Ele coloca a mão no peito fingindo se ofender.

— Eu? Com ciúmes?

— Sim!

Ele está realmente ofendido dessa vez.

— Do *quê*?

— Você está com ciúmes porque ninguém gosta de *você*. — Camille bota as mãos na cintura com um sorriso. — Bem, fora Breanna.

Breanna pisca rapidamente.

— Quê? Não. Eu não. Quero dizer, eu não gosto...

Há um longo silêncio. Breanna agarra a mochila e corre para longe. Darrell ergue uma sobrancelha.

— Espera, Breanna gosta de *mim*? Ficaríamos terríveis juntos! Ela é alta demais!

— Não — Camille diz. — Você é baixo demais.

Isso realmente mexe com Darrell.

— Existem muitos homens baixos, sabia? Bruno Mars, Kevin Hart...

Jasmine balança a cabeça, levantando-se do banco

— Isso não foi legal, Camille.

— ...Aziz Ansari, e tem aquele cara de todos os filmes de Harry Potter.

Camille dá de ombros.

— Quê? Não vai acontecer nada se ela só guardar segredo sobre a quedinha para ela mesma.

— Mas não era seu segredo para você ter o direito de contar — Jasmine diz.

Camille estreita os olhos. Ela não gosta muito quando as pessoas discutem com ela. Mas Jasmine apenas balança a cabeça de novo e diz que vai atrás de Breanna. Ela sai correndo, a mochila sacudindo sobre suas costas. Darrell desliza para o banco ao meu lado, tomando o lugar dela.

— Sem chance da Breanna gostar de mim — ele diz. — Ela não é alta demais, King?

— Não sei.

Ainda sinto as lágrimas se acumulando na garganta. Eu as engulo, brincando com o zíper da minha mochila.

— Por que algo assim deveria importar?

Ele franze o cenho.

— Porque importa. É claro que importa. O cara tem que ser mais alto que a garota.

Eu não gosto de discussões. Não gosto de dizer nada a não ser que alguém me pergunte. Então não sei por que as palavras a seguir disparam da minha boca desse jeito.

— Quem disse?

Darrell semicerra os olhos para mim.

— O que deu em você hoje?

Eu não o respondo. Percebo Anthony me observando, mas ele desvia o olhar, dizendo que deveria ir até a biblioteca antes da aula. Ele vai embora, então ficamos apenas eu, Darrell e Camille.

— É claro que importa — Darrell diz.

— Ei — Camille nos diz, sentando-se no banco. — Ei, olha. É aquele menino, Sanders.

Eu continuo brincando com o zíper da mochila e não ergo o olhar. Esse é um dos jogos favoritos de Camille — fazer piada do irmão mais novo de Mikey Sanders, Sandy Sanders. Eu nunca gosto de ouvir o tipo de coisa que Camille tem a dizer sobre ele.

— Por Deus, ele é tão esquisito — ela diz com um sorriso. — E tão magrelo e pálido. Ele nem precisa usar um manto da KKK. Pode só chegar na reunião assim e vai se encaixar direitinho.

Darrell solta uma risada com isso, mesmo sendo uma piada que ela já tenha contado.

— E adivinha só — ela diz, olhando para nós. — Ouvi de Nina, que ouviu de Zach, que o Sandy foi à biblioteca ontem.

— E daí? — Darrell diz.

— E daí — ela diz, arrastando as palavras — adivinha em qual seção o viram?

— Não sei — Darrell responde, impaciente. — Fala logo.

— Ele estava procurando por livros de gente gay — ela sussurra, o sorriso prestes a explodir.

Darrell se inclina para a frente tão rápido que eu acho que ele vai cair do banco.

— Não, pera, sério?

— Sim, sério! Ele estava olhando para um livro com garotos gays.

— Ouvi dizer que ele pode ser gay — Darrell diz. — Ouvi isso de Lonnie no ano passado. Tipo, falaram assim mesmo e tal.

— Nã-ão — Camille diz. — Eu teria ouvido falar disso.

Eu não sei por que falo. Não sei o que se apodera de mim.

— É — digo. — Ele é gay.

Camille e Darrell olham para mim.

Posso ouvir as palavras de Jasmine — não é meu segredo para ter o direito de contar — mas olho para minha mochila de novo, puxando o zíper de um lado a outro.

— Ele próprio me contou uma vez.

A voz de Camille é estridente em meu ouvido.

— Por que você não me contou? Por que você não falou nada?

Eu realmente queria ter ficado quieto, do jeito que costumo fazer.

— Não parecia ser nada muito importante.

— É importante se você é — e aqui Darrel diz uma palavra que eu nunca direi, nem em um milhão de anos, não importa minha opinião sobre pessoas gays.

— E não é justo se você não contar a ninguém — Camille diz. — As pessoas merecem saber desse tipo de coisa.

Eu deveria ficar quieto, eu sei que deveria.

— Por que isso seria da conta de alguém?

O sinal toca. Darrell pula do banco.

— Você tá agindo tão esquisito hoje.

Camille se levanta também e eles começam a andar, mas eu fico sentado aqui onde estou. Sou mais esquisito agora do que eu era ontem ou no dia anterior?

— Vem, King! — Camille grita para mim.

Eu me levanto e coloco a mochila no ombro. Enquanto caminho, vejo Sandy Sanders olhando em minha direção do outro lado do campo — mas quando eu o pego olhando, ele praticamente sai correndo para a aula.

Sandy nem é o seu nome de verdade. É Charles. "Charlie" provavelmente deveria ser o que todos o chamam, do mesmo jeito que todo mundo chama seu irmão, Michael, de "Mikey". Mas, de algum jeito, o nome Sandy pegou, e é assim que ele é conhecido por todo mundo. Ele odeia o nome — não Sandy, mas Sanders — e tudo o que esse nome significa nessa cidade.

Essa foi a primeira coisa sobre o que conversamos meses atrás — uma conversa de verdade, não só falando de seriados favoritos e coisas assim, mas sobre algo importante. Foi isso e o fato de que nós dois amamos anime, como eu e Jasmine, e também havia o fato de que Sandy não odiava essa cidade, igual a mim, mesmo que todo mundo esteja louco para sair daqui e ir para Nova Orleans ou Atlanta ou Miami. Havia outras coisas sobre as quais falávamos em nossas caminhadas de volta para casa depois do colégio. O tipo de pessoa que gostaríamos de ser. Os tipos de coisas que queríamos fazer. Nenhum de nós tinha certeza, então contávamos nossas ideias assim que elas surgiam em nossas cabeças.

— Chef de confeitaria.

— Biólogo marinho.

— Programador, eu criaria aplicativos e tal.

— Cuidador de abelhas.

Eu ria.

— Isso é um trabalho de verdade?

Ele dava de ombros e continuávamos assim por horas às vezes.

Mas a última conversa que tive com Sandy Sanders foi quando contei a ele que não poderia mais ser seu amigo.

É a conversa na qual penso toda vez que o vejo.

Eu me pergunto como teria sido se eu não tivesse contado a ele que precisávamos parar de nos falar. Me pergunto se deveria ir até ele e me desculpar para que possamos continuar tendo nossas conversas no caminho de volta para casa, como era de costume.

Mas eu sei que não posso ser amigo dele porque foi isso que meu irmão me disse.

Na verdade, Khalid não havia se importado muito, mesmo sabendo que Sandy é o irmão mais novo de Mikey. Foi quando ele ouviu o que Sandy disse em um fim de tarde, quando estávamos sentados na minha barraca no quintal, que meu irmão me disse naquela mesma noite, muito depois de termos apagado as luzes, que eu deveria me afastar de Sandy Sanders.

— Você não quer que os outros pensem que você é gay também, quer?

Foi isso que ele disse. Foi isso que me fez ir direto até Sandy Sanders no dia seguinte. O que me fez contar a ele que não queria mais ser seu amigo. O motivo pelo qual ainda não posso falar com ele. Não posso ser amigo de Sandy, sabendo que meu irmão não gostaria que eu fosse.

3

Eu escrevi as conversas que tive com meu irmão tarde da noite quando ele estava dormindo. Guardei tudo o que dissemos em um caderno que estava usando para a aula de ciências. A primeira metade é cheia de fatos sobre Evolução. A segunda metade são coisas que eu e meu irmão contamos um ao outro. Guardo o diário debaixo do colchão, onde ninguém vai encontrar. Eu o pego e leio algumas das passagens à noite, quando quero fingir que ainda posso ouvir a voz de meu irmão.

"O sol se ergue sobre o horizonte como uma montanha, mas não queima. Você pode nadar. A luz do sol é como o mar. Você pode flutuar no amanhecer. As estrelas são o caminho das pedras. Pule de uma para a outra."

Pergunto a ele se eu poderia cair.

"Não, não cai." Ele diz isso tão alto que eu acho que ele se acordaria. "Eu pego você."

Pergunto se ele sabe com quem está falando.

Ele balbucia, se vira no sono.

"O céu está sob seus pés, King."

Isso é tudo o que ele diz pelo resto da noite.

Darrell sempre dorme no fundo da sala de aula, porque ele diz que será um atleta profissional, então não precisa aprender matemática, e Camille e Breanna se sentam no canto perto da janela para fofocar sobre as pessoas que passam lá embaixo, mas eu me sento na frente com Jasmine, porque sei que preciso de boas notas se quiser ir para a faculdade, e porque eu realmente gosto de aprender, na maioria das vezes.

A professora passa um exercício para a turma, e eu e Jasmine terminamos antes de todo mundo. Escrevemos bilhetes um para o outro para não nos metermos em encrenca por falar em voz alta, e para que a professora não pegue nossos celulares se nos ver trocando mensagens.

Escrevo, One Piece *é muito melhor do que* Naruto *e* Bleach.

Ela escreve, *NÃO É NÃO!*

Os mais antigos são melhores, de qualquer maneira. Cowboy Bebop *é legal. E* Samurai Champloo *também.*

Sua mãe e seu pai deixam você assistir esses? Os meus descobriram que tem violência e disseram que eu não podia assistir.

Eles não sabem que eu assisto. Vejo online.

Meu irmão foi quem me ensinou esse truque. Ele me apresentou as séries antigas, em primeiro lugar. Mas não conto isso a Jasmine.

Ela pega o pedaço de papel de volta e fica sentada segurando-o por tanto tempo que eu acho que ela se entediou, então eu pego um livro de inglês para começar o dever de casa mais cedo, quando ela desliza o papel para minha carteira de novo.

Posso te perguntar uma coisa?

Jasmine tem a letra cursiva mais bonita, mesmo que eu não saiba se posso pensar algo assim, já que sou um garoto, e meu pai sempre disse para mim e meu irmão que garotos não gostam de coisas *bonitas*, tipo flores e vestidos e letra cursiva.

Jasmine escreveu essa pergunta devagar e com cuidado, então as letras são ainda mais elegantes do que o normal.

Escrevo de volta para ela: *Sim*.

Ela pausa por um longo tempo, encarando o papel que ficamos passando um para o outro, antes de rabiscar algo e me devolver o bilhete.

Por que você não fala mais com o Sandy?

É minha vez de ficar encarando o papel. Nós três costumávamos ser melhores amigos. Sandy me viu desenhando Naruto durante o intervalo um dia e me disse que meu desenho era bom, e mesmo sabendo que ele era o irmão mais novo de Mikey Sanders, eu agradeci. Continuamos conversando — sobre *Naruto* e *Bleach* e todos os animes que já assistimos. Eu já me sentava no banco com Jasmine e Camille desde o início do ano letivo, mas não fazia ideia de que ela gostava de anime até que ela ouviu nossa conversa e nos perguntou se poderia sentar conosco. Virou um hábito durante seis meses inteiros, nós três sentados juntos durante o intervalo, falando sobre anime e mangá. Até tentamos fazer um mangá juntos, mas não ficou muito bom.

Nossas conversas acabavam se ramificando, até que ficávamos nós três falando sobre tudo e nada durante quarenta e cinco minutos às dez horas toda manhã de segunda, quarta e sexta. Sandy e eu começamos a caminhar juntos de volta para casa à tarde, às vezes Sandy ia para minha casa e continuávamos conversando na barraca que tenho no quintal.

Mas isso tudo era antes. Antes de Khalid me dizer para ficar longe de Sandy, antes de Khalid deixar seu corpo para trás como uma segunda pele. Agora Khalid se foi, e Sandy nunca mais voltou ao nosso intervalo.

Jasmine nunca me perguntou por que eu parei de falar com Sandy, nem uma vez. Ela percebeu que alguma coisa estava errada, eu sabia que ela conseguia perceber, mas ela não gosta de ser rude e meter o nariz onde não é chamada. Eu a vi falando com Sandy algumas vezes, comendo juntos no almoço quando ela não está comigo e Camille e o pessoal. Mas nunca mais somos eu, Sandy e Jasmine.

A professora diz que acabou o tempo do exercício, então eu passo o papel de volta para Jasmine dando de ombros, feliz pela desculpa para não contar a ela. O que Jasmine vai pensar se eu contar a ela que não posso mais ser amigo de Sandy porque ele é gay? Jasmine diria que isso é ignorante da minha parte. O pior é que eu sei muito bem que ela estaria completamente certa.

Quando o sinal toca, enfiamos os cadernos e lápis nas mochilas e saímos pela porta da sala de aula. Os corredores são alinhados com armários enferrujados e pastilhas amarelas grudentas e luzes no teto que emitem um brilho tão intenso quanto o próprio sol. Posso ver que Jasmine está pensando concentrada, seu rosto todo tenso e suas mãos fechadas, agarrando as alças da mochila com força. Não quero falar sobre mim e Sandy, nem um pouco, então eu quase consigo inventar um motivo para correr para nossa próxima aula, mas Jasmine sempre foi sagaz em reconhecer meus planos. Ela fala antes que eu possa dizer uma palavra sequer.

— Você não precisa me dizer se não quiser — ela diz, parando para me encarar. — Mas eu perguntei para Sandy, e ele diz que é você que deveria dizer por que vocês não são mais amigos.

Isso me faz arder de vergonha.

— Eu tava esperando que vocês se entendessem — ela diz —, mas já faz quase três meses. E com tudo o que aconteceu com seu irmão...

— Eu não quero falar sobre meu irmão — retruco, em um tom mais maldoso do que gostaria.

Ela se retrai.

— Tudo bem. Desculpa. — Ela solta as alças da mochila e posso ver que suas mãos estão tremendo um pouco. — É só que você precisa dos seus amigos, então...

— Você não sabe do que eu preciso.

Agora posso ver que ela está realmente surpresa. Nunca sou cruel assim com Jasmine. Mas é culpa dela também. Ela sabe que eu não quero falar sobre Sandy. Por que ela não pode me deixar em paz? Não é da conta dela.

— Tudo bem — ela diz e eu acho que deve estar um pouco irritada também. — Eu só tava tentando ajudar.

— Você tá sempre tentando ajudar. Nem todo mundo precisa da sua ajuda, Jasmine.

E eu me viro e começo a andar, deixando-a ali no corredor. Estou com raiva de verdade agora, mesmo sem saber por quê. Minha cabeça está uma bagunça — uma bagunça de fios que pertencem a Jasmine, meu irmão e Sandy e aquela barraca no quintal e todas as libélulas. O motivo deve estar preso em algum lugar ali dentro.

Jasmine senta comigo no intervalo, como sempre, mas nenhum de nós fala, e ela me ignora no almoço também. Ela provavelmente está esperando que eu me desculpe, e sei que eu deveria, mas a palavra fica presa na minha garganta. Quando o sinal do colégio toca no fim das aulas, eu saio dali o mais rápido que posso e começo a caminhada de uma hora pela estrada, na direção oposta do meu bairro. Em direção às libélulas.

A estrada de terra é poeirenta e quente sob as solas dos meus tênis e o suor escorre do topo da minha cabeça e pelas costas, fazendo a camiseta grudar na pele. Eu sei o que minha mãe diria se eu contasse a ela que Khalid havia se transformado em uma libélula. Ela me mandaria direto para a terapia, como ela tem dito que quer fazer há três meses, desde que Khalid faleceu. Meu pai sempre havia dito que terapia era para pessoas fracas, então fiquei surpreso quando ele não discutiu com minha mãe quando ela disse que eu deveria ir, mas eu sim. Briguei e gritei e me esgoelei.

Eu não sei o que um terapeuta poderia me dizer que eu já não sei. Estou zangado. Estou com raiva que Khalid se foi sem motivo algum, sem explicação, sem chance de dizer adeus. Os médicos ainda não sabem o que aconteceu. Não conseguem descobrir por que, uma hora um adolescente saudável de dezesseis anos está jogando futebol no campo e, logo em seguida, está morto no chão. Estou triste. Não sei muito bem o que dizer em relação a isso, a não ser que começo a chorar por motivo nenhum às vezes. Sem nem pensar em Khalid ou nada assim. As lágrimas só começam a jorrar de mim, não importa onde estou ou o que estou fazendo. Às vezes eu sinto aquela sensação de dormência também. Levei algumas semanas para conseguir entrar no quarto que dividia com Khalid. Levou mais tempo ainda antes que eu parasse de dormir do lado de fora, na minha barraca. Quando tentei dormir na cama que costumava ser a nossa cama, e agora é apenas a minha cama, eu fiquei sentado com os joelhos colados ao peito, como eu sentava quando ficava ouvindo Khalid falar dormindo, e aquela sensação de dormência surgiu como um monstro se forma do nada, veio e me engoliu inteiro.

— Você precisa conversar com alguém — minha mãe gosta de dizer —, mesmo que não seja com a gente.

Mas como que conversar vai mudar alguma coisa? Dizer para alguém que eu queria que Khalid ainda estivesse vivo não vai trazê-lo de volta.

Tudo o que posso fazer é procurar pela libélula. A mesma que veio ao funeral, repousou no caixão e bateu as asas. Aquilo não pode ser só uma coincidência. Era como se aquela libélula tivesse vindo me procurar, me avisar que ele ainda estava ali, ainda vivo, mesmo que tivesse descartado sua primeira pele e seguido em frente. Como se ele tivesse vindo para um rápido *olá* antes de voltar ao seu paraíso de libélula.

A grama se torna mais alta e áspera e a terra batida fica mais úmida e lamacenta, até que algumas partes são poças inteiras e estou mergulhando os pés no caminho, as meias encharcadas e pesadas, as barras do jeans ficando marrom. Finalmente, chego à clareira circular, onde há uma lagoa à minha frente, a margem do terreno pantanoso se estendendo por quilômetros e quilômetros. Milhares de libélulas esvoaçam pelo ar. Voam, sibilam e mergulham e repousam na superfície da água, como se estivessem tentando provar ao próprio Jesus Cristo que andar sobre as águas não é tão difícil.

E eu só fico em pé ali e observo. Desejando que a libélula que foi ao funeral voasse direto para mim e pousasse sobre minha mão, em vez de todos os mosquitos e pernilongos tentando me cobrir, agarrando-se ao meu suor. Eu não tenho como saber se Khalid está mesmo aqui, ou se ele saiu de vez da nossa cidade — se ele voou para fora de Louisiana para viajar pelo mundo como ele sempre quis fazer. Posso até ver: Khalid, a libélula, voando em rasante sobre os rios da Amazônia, batendo as asas sobre amieiros da Alemanha, mergulhando pelo ar nas florestas de várzea da Indonésia. Depois de tudo isso, talvez ele voltasse para mim e me dissesse tudo o que havia visto, junto com mais alguns segredos sobre o universo. Eu sinto falta de ouvir tudo o que ele dizia em seus sonhos.

E sinto falta dele. Sinto tanto a falta de Khalid que às vezes preciso fingir que ele ainda está aqui, ainda no primeiro corpo no qual nasceu, apenas para que a dor não seja tão forte. É isso que faço agora. Digo a mim mesmo que Khalid está em casa, esperando e se perguntando onde estou, e que ele terá algo esperto a dizer assim que me ver, me provocando como sempre faz.

— King?

Eu me viro, o coração batendo tão forte que eu acho que ele vai pular para fora do meu peito. Meus olhos estão embaçados das lágrimas, e minhas bochechas, nariz e queixo estão molhados. Eu os enxugo com o dorso da mão rapidamente e vejo ninguém mais, ninguém menos que Sandy Sanders em pé a cerca de três metros de mim. Ele está vestindo a mesma camiseta branca esfarrapada que tem uma mancha amarelada na manga — ele veste aquela camiseta todo santo dia, juro — e jeans azul tão gasto que tem buracos e rasgões.

Nós dois continuamos exatamente onde estamos, como naqueles documentários da natureza nos quais dois animais estão prestes a se meter numa briga, mas primeiro eles se encaram.

Então eu pergunto:

— O que você está fazendo aqui?

Ele está nervoso. Sandy sempre foi nervoso, incapaz de olhar nos olhos de alguém, mesmo quando está rindo e animado e feliz. Ele encara o solo pantanoso.

— Eu só estava andando.

— Você está me seguindo?

— Não! — ele grita, olhando para mim por um segundo, antes de desviar o olhar de novo. — Eu só estava andando. Só tem um caminho que leva até aqui.

Acho que isso é verdade, mas tenho vindo a esse pântano há meses, todo dia depois do colégio, e nunca vi mais ninguém por aqui, muito menos Sandy Sanders. Eu enxugo as últimas lágrimas, envergonhado por ter sido pego chorando, e viro as costas para ele.

Ouço-o perguntar:

— Você tá bem?

Não respondo e, depois de um tempo, eu o enxergo de canto de olho se aproximando, e parando a alguns passos de mim.

— O que você tá fazendo aqui, afinal? — ele pergunta.

— Não é da sua conta.

Ele não olha para mim, não responde a isso.

— Eu só precisava ficar sozinho por um tempo, eu acho, e não conseguia pensar em lugar nenhum para ir, então só comecei a andar.

— Eu não perguntei.

— Eu sei — ele diz.

Mesmo sempre nervoso e mal conseguindo olhar nos olhos das pessoas, ele ficará tagarelando se você der chance. Ele vai falar e falar sem parar, sem pausar. Uma vez ele me contou que fala porque fica muito nervoso, mas não entendo como isso faz sentido.

— Eu sei que você não gosta mais de mim — ele diz — ou não quer mais falar comigo, por causa do que eu contei naquele dia e, você sabe, mas — e aqui ele respira fundo — eu só queria que você soubesse que sinto muito pelo seu irmão. Eu queria te dizer isso antes, mas já que você me disse para não falar mais com você, eu não tinha certeza se poderia dizer algo assim, e então um mês se passou, e fiquei com medo de que você me acharia esquisito se eu te falasse do nada, então desisti de vez e agora...

Ele dá de ombros.

— Bem, é coincidência demais te encontrar assim por aqui, então acho que é uma boa hora para te contar. Contar que eu sinto muito... — ele deixa a frase silenciar, sua voz se torna mais suave — pelo seu irmão.

Eu não tenho muito controle sobre minhas lágrimas. Elas ainda estão vindo, mesmo que eu esteja aqui bem ao lado de Sandy Sanders, e não quero que ele me veja chorando. Eu só queria que ele fosse embora logo. Mas outra parte de mim também não quer que ele vá.

— Obrigado — digo a ele.

Não há muito mais o que eu possa dizer quando alguém me fala que sente muito pelo falecimento do meu irmão.

Sandy parece aliviado que eu não gritei com ele para calar a boca e me deixar sozinho. Ele se vira para olhar para a lagoa e as libélulas também. O sol está a pino no céu azul e a água escura brilha em nossos olhos, forçando-nos a apertá-los.

— Espero que você não pense que sou esquisito por dizer isso — Sandy me diz —, mas ainda posso escutar. Se você precisar falar. Eu sei que você não quer mais ser meu amigo, mas ainda posso escutar.

Eu esfrego o queixo com o ombro.

— Por que você faria isso? — pergunto.

Fui maldoso com Sandy. Não faz sentido ele oferecer algo assim, mas por outro lado, acho que não há muitas coisas em Sandy Sanders que façam sentido.

— Eu tava com raiva — ele admite. — Fiquei com tanta raiva de você. Mais raiva do que jamais senti de alguém. Você deveria ser meu amigo e então quando eu te contei, você sabe, que eu gosto...

Ele para de falar, e toda aquela raiva da qual ele estava falando, posso vê-la crescendo dentro dele, sua pele pálida ficando cada vez mais vermelha, como se ele fosse um termômetro prestes a explodir. Em um estalo, ele se vira e se afasta da água com as mãos na cintura e, de repente, Sandy Sanders não é mais tão tímido. Ele me encara.

— Não tenho vergonha disso. Não é errado gostar de garotos ao invés de garotas. Não tenho vergonha nenhuma disso, tá me ouvindo?

Eu me mexo sem sair do lugar. Meu irmão pensava que era algo do qual se deveria sentir vergonha — se ele está aqui, observando do pântano, ele provavelmente está envergonhado apenas por me ver falando com Sandy agora.

Sandy se vira para o outro lado de novo e cruza os braços.

— Eu prometi a mim mesmo que nunca o perdoaria. Ainda não perdoarei, sabe — ele me encara de novo. — Mas com seu irmão... algo desse tipo...

Não nos falamos de novo por um longo tempo. Vejo Sandy coçando o ombro, empurrando a manga da camiseta para cima, e vejo os azuis, verdes e amarelos em sua pele pálida. Ele percebe que estou olhando e para de coçar, puxando a barra da manga para baixo de novo.

— Está ficando tarde — ele diz. — O sol logo vai se pôr. Preciso ir para casa.

Há uma fagulha em meu peito. Eu não quero que ele vá. Mas concordo com a cabeça.

— Ok.

Ele se vira para ir embora sem se despedir, e acho que não deveria ficar surpreso, já que não somos amigos e ele prometeu a si mesmo que nunca me perdoaria. Mesmo depois de Sandy ir embora, eu continuo em pé onde estou, observando as libélulas e suas asas.

4

"Quer saber de uma coisa?"

Digo a meu irmão que sim.

Ele balbucia algo que não consigo ouvir. Então ele me diz, "Ninguém estará por lá. É só você, beleza?"

Pergunto a ele por que ninguém mais estará por lá. Pergunto a ele onde é lá.

"Você sabia..." ele balbucia de novo. "Tem água. É do tipo bom. Está em cima das estrelas. Ficará tudo bem, King."

Pergunto a ele o que ficará bem.

"Ficará tudo bem. Você ficará bem. Nem sempre parece que será assim, não é? Eu sei. Eu sei. Mas tem as penas e a música e as luzes, todas aquelas luzes como estrelas e você ficará bem."

Digo a ele que nada disso faz sentido e ele ri para mim. Ri com tanta força que se acorda. Ele tosse, aperta seus olhos que já estão fechados, e vira para o lado. Ele me pergunta o que estou fazendo acordado, naquela voz rouca ainda meio sonolenta, e digo que ele estava falando dormindo de novo, e ele se desculpa e que tentará calar a boca, mas eu não quero que ele cale a boca, porque eu gosto de ouvir sobre o mundo que ele pode ver, e porque mesmo sem entender o que ele está dizendo boa parte do tempo, gosto de ouvir sua voz quando ele não se importa que ninguém mais está *escutando, quando são apenas as suas próprias palavras saindo livres sem preocupação sobre como ele deveria soar, como deveria agir, quem ele deveria ser. Como se quando estivesse dormindo ele ficasse mais próximo de ser quem ele é, e eu tenho uma chance de conhecer o verdadeiro Khalid.*

"Te amo, King", ele diz, mas eu não sei se ele ainda está acordado ou se adormeceu de novo.

Minha mãe costumava fazer o jantar toda noite. Ela chegava em casa do trabalho na agência dos correios horas depois de todo mundo já ter voltado, e nos dava um sorriso exausto antes de ir para a cozinha e começar o que ela chamava de seu segundo emprego como mãe e esposa. Eu costumava segui-la até a cozinha e ajudá-la a limpar o repolho e descascar as ervilhas, mas no dia em que fiz dez anos, meu pai disse que eu estava virando um homem, então não podia mais ficar na cozinha.

Eu me sentava na sala de estar e assistia minha mãe na cozinha, sozinha, parecendo que cairia de sono bem ali sobre o fogão com as panelas à sua frente, borbulhando e fervendo. Eu sussurrei para Khalid, perguntando por que eu não podia ficar na cozinha também, só porque estava me tornando um homem, e ele me disse que é porque é assim que as coisas são. Pelo jeito como ele disse, eu sabia que não deveria fazer mais perguntas. Minha mãe carregava toda a comida para a mesa da sala de jantar e meu pai se sentava na ponta da mesa, e ela ao lado direito dele, e Khalid ao lado esquerdo, e eu me sentava ao lado de Khalid, *porque é assim que as coisas são.*

Faz três meses que minha mãe não faz o jantar. Meu pai não questionou, não no início. Não estávamos comendo de qualquer maneira, e quando começamos a sentir fome de novo, apenas comemos toda a comida que todo mundo havia dado no funeral: uma caçarola de atum com feijões vermelhos e arroz, pão de banana fresco e sopa de tartaruga. Mas agora a comida acabou e três meses se passaram e não parece que minha mãe tem planos voltar à cozinha para fazer o jantar tão cedo.

Meu pai pede pizza. Nós nos sentamos à mesa nos mesmos lugares. A cadeira de Khalid está vazia. Nunca falamos, não à mesa de jantar — quase como se devêssemos ter um momento de silêncio, e quebrar esse silêncio seria desrespeitoso com Khalid e sua cadeira vazia.

Meu pai mastiga e mastiga e mastiga. Ele limpa a boca com um guardanapo. Limpa a garganta.

— King — ele diz, e eu ergo a cabeça.

Ninguém fala nessa sala há três meses.

— King — ele diz — por que você não chega mais perto? Em vez de se sentar aí longe.

Minha mãe não parece surpresa, então eu sei que eles conversaram sobre isso antes, do modo como adultos gostam de ter conversas sobre mim, mas não na minha frente, como se eu fosse frágil demais para ouvir o que eles têm a dizer.

Meu pai está esperando que eu fale, então eu digo:

— Mas esse é o lugar de Khalid.

Ele olha para mim mãe e eles compartilham um daqueles *olhares significativos de adulto*, como se não soubessem que estou bem aqui, observando-os, e que eu tenho um cérebro próprio.

Meu pai começa a falar, mas é uma grande bagunça de palavras e quase nada faz sentido.

— Eu sei que parece estranho. Sei que parece ruim, como se você estivesse tentando se esquecer do Khalid. Mas isso não é esquecê-lo. É sobre o normal. Nós costumávamos ter uma normalidade. Quando Khalid estava vivo, o normal era que ele se sentasse bem aí nessa cadeira. Agora precisamos de um novo normal. Não podemos seguir em frente se — ele pausa. — Precisamos seguir em frente, King.

Há um silêncio após suas palavras por um longo tempo, como se ele tivesse proferido um sermão e nos pedido para abaixar nossas cabeças e orar. Eu balanço a cabeça com força.

— Mas esse é o lugar do *Khalid* — digo.

A voz de minha mãe soa aguda.

— Por que você não vem aqui e se senta ao meu lado? — ela diz.

Meu pai franze o cenho. Ele acha que eu devo me sentar ao lado dele, *porque é assim que as coisas são*, mas ele não discute, e eu quero que eles parem de falar sobre o meu lugar à mesa, então pego minha comida e rodeio a mesa para me sentar ao lado da minha mãe, largando o prato sobre a superfície da mesa com um barulho. Ela tem um cheiro leve de mofo, tipo suor e papel e bolinhas de naftalina. Ela coloca a mão sobre a minha por um segundo antes de dobrar o guardanapo em seu colo.

— Como foi o seu dia? — ela pergunta. E fácil assim estamos falando de novo à mesa de jantar pela primeira vez em três meses, como se nada tivesse acontecido, como se nunca tivéssemos perdido Khalid ou como se ele nunca tivesse existido.

Eu não a respondo, então ela tenta de novo.

— Seu pai e eu estávamos pensando, talvez fosse bom ir ao Mardi Gras[2] esse ano.

Vamos ao Mardi Gras, a terça-feira gorda do Carnaval, todo ano, mas eu sei o que ela quer dizer. Seria bom ir de novo, criar um novo normal, para nos ajudar a seguir em frente, mesmo que Khalid não esteja conosco. Não celebramos o Dia de Ação de Graças. Não celebramos o Natal. O aniversário de

---

2. Mardi Gras ou Terça-feira Gorda é uma comemoração regional muito semelhante ao Carnaval brasileiro, em que as pessoas festejam ao ar livre com fantasias e carros alegóricos, se inspirando em celebrações pagãs da primavera romana. [N. E.]

Khalid será daqui a algumas semanas, mas não há por que celebrar algo assim sem o Khalid.

Eu sempre gostei do Mardi Gras. Viajávamos de carro por três horas direto até Nova Orleans e passávamos a noite com tia Idris, que sempre dizia a mim e ao Khalid que estávamos nos parecendo com nosso avô, que morreu antes que eu pudesse conhecê-lo — sobreviveu às águas do Furacão Katrina, mas então se deitou no dia seguinte e não se levantou mais. "Que tipo de sorte é essa?" tia Idris gostava de dizer. Ela sempre nos contava que nosso avô gosta de fazer uma visita à noite quando ela dorme — e, primeiro, eu pensei que ela estava com um parafuso a menos, mas agora percebo que ela estava dizendo a verdade, porque apesar do meu avô nunca ter me visitado em meus sonhos, é Khalid quem vem me ver à noite agora.

Minha mãe olha para meu pai quando não respondo.

— Você sempre amou o desfile e vai ser bom ver tia Idris. Ela foi tão prestativa com a gente depois do funeral.

Às vezes eu tenho um sonho qualquer que não tem a ver com nada — estou andando em um terreno alagado com a luz do sul me inundando, e um jacaré começa a me perseguir pela água e por todo o bayou, e Sandy chega na picape branca e me deixa entrar na parte de trás, mas não dizemos uma única palavra um para o outro, e assim que eu desço da picape no meio da cidade, vejo Khalid em pé do outro lado da rua, me observando. Simples assim, ele veio dar uma olhada em mim antes de se tornar uma libélula de novo.

Mas na maioria das vezes, ele tem muitas coisas que gostaria que eu soubesse. Coisas que ele nunca teve a chance de me contar.

Minha mãe parou de respirar.

— King?

Sinto a umidade nas minhas bochechas. As lágrimas começaram de novo, sem que eu sequer percebesse. Eu enxugo o rosto rápido, pronto para pular do meu assento e sair correndo da sala de jantar, mas minha mãe segura minha mão e a aperta com força. Ela se sobressalta quando eu puxo a mão de volta.

Ficamos todos sentados ali por um bom tempo, sem nada mais a dizer, quando o telefone fixo começa a tocar. Khalid costumava rir daquele telefone. "Quem ainda usa telefone fixo?" ele gostava de indagar. Toca uma segunda vez. Ninguém se mexe. Talvez estejamos todos pensando a mesma coisa, ouvindo a mesma risada. Terceira vez. Minha mãe se levanta, arrastando a cadeira para trás, e anda para fora da sala em direção ao corredor, onde ainda posso vê-la em pé. Ela pega o telefone no quarto toque, e posso ouvi-la dizer boa noite, como você está, sim, estou bem, obrigada. Encaro minhas mãos no colo, envergonhado demais para olhar para meu pai e ver qual expressão ele terá no rosto. Raiva? Decepção? Eu comecei a me tornar um homem no dia em que fiz dez anos, e homens não deveriam chorar. Era isso que ele gostava de dizer, antes do funeral, quando deixou toda a água em seu corpo e no ar e no planeta despejar dele.

Minha mãe fala com um tom sussurrado.

— Não, não o vimos — ela diz. Eu ergo o olhar das minhas mãos, e meu pai se vira para olhar para o corredor também. Minha mãe abaixa a voz. — Isso é horrível. Sim. Sim, é claro. Avise-nos se houver algo que possamos fazer. Sim, sim, você também. Boa noite.

Ela desliga o telefone com um clique suave, alisa a parte de trás do vestido, então anda até a sala de jantar, mas não se senta em seu lugar. Ela hesita na frente da cadeira, apoiando a mão no topo como se estivesse pensando duas vezes se voltará a se sentar.

— O que foi? — meu pai pergunta.

— Era o xerife Sanders — ela olha direto para mim. — Charles Sanders desapareceu.

5

É outro dia quente em Louisiana. Tão quente que se pode ver o vapor saindo do chão. *É uma miragem*, Khalid me disse uma vez — como as miragens que se vê no meio do deserto, mas em vez disso, elas cintilam sobre o pavimento rachado e os buracos de nossa cidadezinha. Eu penso em Sandy Sanders, que, até essa manhã, ainda não foi encontrado. É um dia quente para estar desaparecido. E se ele pegar insolação? E se ele estiver preso ou encurralado em algum lugar e desmaiar sob o sol implacável?

Ontem à noite, depois da minha mãe dar a notícia, eu pedi licença para sair da mesa, já que não estava comendo muito de qualquer forma, e já que minha mãe e meu pai não paravam de me encarar, como se estivessem esperando que eu começasse a chorar, como se fosse demais para mim perder meu irmão e meu ex-amigo, como se eles achassem que eu estava a segundos de pirar e começar a jogar tudo para o alto e gritar a plenos pulmões. Talvez eles estivessem preocupados porque era exatamente isso que eu queria fazer. Eu senti toda aquela raiva antiga e familiar se acendendo em mim, porque não é justo que eu tenha que me preocupar com Sandy Sanders desaparecendo agora, além de tudo mais — não é justo que parece que algumas pessoas simplesmente passam pela vida sem uma única preocupação ou gota de tristeza, mas parece que toda a tragédia do mundo gosta de me seguir.

Digo a mim mesmo que não deveria nem me importar que Sandy desapareceu. Ontem à tarde foi a primeira vez que dissemos uma palavra um para o outro em praticamente três meses. Ontem à tarde, quando Sandy Sanders desapareceu.

E se eu for a última pessoa que o viu antes dele desaparecer? E se aconteceu alguma coisa com ele no bayou, depois que ele me deixou por lá? E se um jacaré o pegou, ou ele escorregou e caiu e bateu a cabeça? Seria tudo minha culpa. Eu poderia tê-lo convidado a caminhar de volta juntos para nosso bairro, como costumávamos fazer.

Ninguém tem ideia de para onde Sandy poderia ter ido ou o que poderia ter acontecido com ele — e quanto a mim, fico de boca fechada, porque sei que há uma boa chance de ter sido a última pessoa que viu Sandy, a última pessoa que falou com ele, no bayou e na frente das libélulas. Estou com medo demais de contar a alguém que fui a última pessoa a vê-lo, porque o pai de Sandy é o xerife Sanders, e se o xerife Sanders pensar que eu tenho algo a ver com Sandy se ele se machucar, — ou pior — já era para mim. O xerife Sanders pode não ser um membro da KKK, mas ele ainda tem um jeito de dificultar a vida para qualquer um de pele marrom, e sempre que ele via eu e Sandy conversando, quando éramos amigos, ele fazia uma carranca braba para mim, uma carranca tão fechada que eu não tinha escolha a não ser dizer a Sandy que eu o veria mais tarde e sair correndo de volta para casa como o covarde que sou. Se eu era um covarde antes, pode acreditar que sou um grande covarde agora.

Meu pai liga o rádio enquanto me leva de carro para o colégio, e é a mesma coisa tocando entre cada uma das músicas: *Charles "Sandy" Sanders desapareceu. Qualquer pessoa com qualquer informação deverá ligar.*

— Terrível — meu pai diz, sacudindo a cabeça.

Eu assinto concordando, mas me pergunto se meu pai diria que é terrível se soubesse sobre Sandy Sanders e o fato dele gostar de outros garotos. Sandy diz que esse é quem ele é com todo o orgulho do mundo, mas meu pai acha que isso é algo que deveria encher um homem de vergonha.

Eu me lembro, apenas um ano atrás, eu estava sentado bem onde estou agora, espremido entre Khalid e meu pai, porque mesmo existindo um assento inteiro na parte de trás, desde quando era pequeno eu me forçava a sentar na frente, só para sentar com eles e fingir que era crescido, esticando o pescoço para conseguir enxergar através do para-brisas. Eu estava espremido entre eles quando o locutor do rádio deu a lista de notícias, e aquele locutor disse que um homem havia assassinado o filho por ser gay, e meu pai não disse que era terrível do jeito que disse ser terrível quando Sandy Sanders desapareceu. Ele não disse uma palavra sequer.

Eu o ouvi falar sobre pessoas gays antes. Tinha ouvido ele dizer que era *errado. Anormal.* Homens devem se relacionar com mulheres, *porque é assim que as coisas são.* E, de algum modo, para meu pai, essa regra era especialmente verdadeira para garotos negros como eu.

"Pessoas negras não podem ser gays." Essas são as palavras que ele disse, conversando com tia Idris em um jantar de Ação de Graças, em Nova Orleans. Eu estava sentado ao lado de Khalid, encarando intensamente meu prato de jantar. "Se uma pessoa negra é gay, é porque esteve andando demais com gente branca." Tia Idris havia dito ao meu pai que ele estava errado, mas ele não estava escutando.

Fico sentado na picape barulhenta do meu pai, escutando o noticiário falar de Sandy Sanders, e me pergunto o que meu pai diria se eu contasse aqui e agora que Sandy é gay. Ele me diria para ficar longe de Sandy também?

Ele para a picape na frente do colégio, como sempre, e como sempre, eu pulo do carro e faço o gesto para bater a porta, mas antes que eu possa fazer isso, ele diz:

— Te amo, King.

Igual a ontem.

Meu pai não espera por minha resposta. Ele se recosta no assento com um suspiro, mexendo no botão do rádio. Eu abro a boca. Quase digo isso a ele também. "Te amo." As palavras se formam em meu estômago, meu peito, mas então meu pai olha para mim de novo, e há uma fagulha de surpresa em seus olhos antes de se dissipar para tristeza — como se no meu lugar, por uma fração de segundo, ele tivesse visto Khalid. Eu fecho a porta com força para que meu pai possa ir embora.

Quando chego ao banco, todo mundo está lá, amontoados ao redor do celular de Camille. Posso ouvir um noticiário tocando. É sobre Sandy. Jasmine se apruma no banco, os olhos vermelhos, como tivesse chorado a noite inteira. Ela ergue o olhar quando eu me sento ao seu lado. Toda a raiva que existia entre nós se foi, simples assim.

— Não consigo acreditar que ele desapareceu — ela diz, esfregando o nariz.

— O que você acha que aconteceu com ele? — Darrell pergunta.

Anthony está observando a mim e a Jasmine com atenção.

— Não precisa imaginar em voz alta — ele diz. — Podem manter tudo entre vocês mesmos.

— Tínhamos acabado de nos falar — Jasmine diz. — Ontem mesmo. Como ele pode ter sumido?

Ela parece muito surpresa, como se houvesse sido traída pela própria vida. Fico irritado com Jasmine. O modo como ela está chorando me faz perceber que ela nunca perdeu uma única pessoa antes.

— Vocês estão falando dele como se o moleque estivesse morto — Camille repreende. Eu a pego me observando de soslaio. — Alguns de nós perderam pessoas amadas de verdade, sabe. Sandy está só desaparecido. Ele pode aparecer a qualquer momento.

— E se não aparecer? — Jasmine pergunta.

— Aí você pensa nessa questão quando isso acontecer — Camille diz, pressionando a tela do celular para pausar o noticiário. — Até lá, tudo o que você pode fazer é acreditar que ele tá bem, beleza? Não tem por que chorar quando nada aconteceu ainda.

Jasmine enxuga os olhos, as bochechas e o nariz, e posso ver que ela está tão surpresa quanto eu ao ouvir Camille dizer algo que parece tão sábio e maduro — mas então Camille se vira para Breanna e começa a falar das meias de ursinho de pelúcia que viu Lauren usando naquela manhã e o momento acaba antes de nos darmos conta.

— Não tem problema ficar triste porque ele sumiu, não é? — Jasmine sussurra para mim, como se estivesse pedindo permissão para chorar.

— Talvez Camille esteja certa — digo a ela. — Vamos esperar para ver no que vai dar.

Ela assente. Eu tento não me sentir culpado demais, já que eu sei algo que poderia nos ajudar a encontrar Sandy. Eu sei onde ele estava ontem, logo antes de desaparecer. Jasmine me odiaria se soubesse que estou guardando um segredo tão grande.

O dia todo fica claro que ninguém está prestando atenção de verdade no que a professora tem a dizer. As pessoas sussurram rumores que ouviram. Sandy foi sequestrado — havia um sequestrador perambulando Nova Orleans, e chegou até nossa pequena cidade. Ou Sandy foi assassinado e arrastado por um jacaré enquanto caminhava pela floresta. Alguém até mesmo sugere que Sandy foi abduzido por alienígenas que desceram e o levaram para as estrelas.

O que vai acontecer se eu disser que vi Sandy ontem? O que aconteceria se eles o encontrassem no bayou, morto na água, como naquelas fotos do Katrina? Katrina aconteceu um ano antes de eu nascer, mas aprendemos sobre aquele furacão nas aulas e fazemos um momento de silêncio todo ano no aniversário do evento. Darrell sempre mostra fotos em seu celular, fotos que Jasmine diz serem um desrespeito aos mortos, e eu não posso fazer nada além de concordar.

Penso naquelas fotos agora quando penso no que pode ter acontecido com Sandy Sanders, e isso faz o medo recobrir minha pele, a possibilidade de que Sandy pode ter morrido também — que eu precisaria ir ao seu funeral também, e ver o corpo que ele deixou para trás, e ver Mikey Sanders chorar por causa de seu irmãozinho perdido, porque não importa o quanto Mikey Sanders finja ser durão, eu sei que ele choraria, do mesmo jeito que eu chorei por Khalid.

Quando o sinal do colégio toca no final do dia, Jasmine diz que o xerife organizou um grupo de busca que vai se reunir no centro da cidade. Todos decidimos participar, até mesmo Camille e Darrell, e quase metade do colégio e os professores e adultos marcham para fora do estacionamento do colégio e atravessam o campo de futebol e seguem pelas estradas de pavimento rachado com seus buracos e prédios quadrados feitos de concreto e gramados aparados de tom marrom esverdeado, passando pela estação de polícia e o McDonald's e a igreja, até que chegamos ao local de encontro junto do que poderia muito bem ser o resto da cidade.

As ruas e calçadas estão apinhadas de gente, e estamos todos suando e enxugando o rosto com a barra da camiseta e nos abanando com qualquer coisa que conseguimos encontrar. Alguém é gentil o suficiente para sair distribuindo garrafas de água bem gelada, e outras pessoas estão com seus megafones e apitos e walkie-talkies, e outras vieram vestidas como se fossem para uma trilha na mata, com suas botas e shorts e camisetas. Tem até uma equipe de reportagem filmando a coisa toda.

Alguém começa a falar e o silêncio recai na multidão. Eu fico na ponta dos pés e vejo o xerife Sanders em pé na escadaria do prédio do tribunal, atrás de um pódio com um microfone. Posso ouvir a voz áspera do xerife em alto e bom som, agradecendo a todos nós por estarmos aqui hoje, para ajudá-lo a procurar por seu filho. O xerife não se parece muito com Sandy — ele se parece mais com Mikey, com uma queimadura de sol se espalhando pelo nariz, as bochechas inchadas e aqueles olhos pequenos, pálidos e aguados. Não consigo ver qual é a cor de seu cabelo, por causa do chapéu de xerife que ele está sempre usando. Seu distintivo reluz sob a luz da tarde.

Ele inspira profundamente.

— Charles — ele diz. Ele sempre chama Sandy de "Charles". — Está desaparecido desde a tarde de ontem. Agora, eu não sei se deu alguma coisa nele, ou se alguém foi e o capturou, mas posso prometer o seguinte a vocês: se eu descobrir que alguém o machucou, eu vou...

Alguém sussurra algo para ele rapidamente e ele não termina a frase. Ele enxuga seu rosto vermelho com a mão enorme.

— Obrigado a todos por estarem aqui hoje — ele diz de novo, mesmo que já tenha nos agradecido. — Charles significa muito para mim. Ele é o meu filho mais novo. Ele é sensível, quieto. Uma alma criativa. Ele não faria nada para machucar ninguém. Ninguém merece isso, muito menos o Charles. Então, por favor — ele limpa a garganta e o silêncio na multidão, de alguma forma, fica ainda mais quieto. — Por favor — ele repete. — Ajudem-me a encontrar meu menino.

Jasmine segura minha mão ao meu lado e a aperta com força. Eu olho para baixo para nossas mãos entrelaçadas, surpreso e um pouco envergonhado, com medo de que Darrell veja e me provoque para sempre.

— Temos que encontrá-lo — ela diz, olhando firme para a frente.

Com isso eu posso concordar.

A busca começa e a multidão se espalha, andando pelas ruas, gritando o nome de Sandy. Jasmine, Darrell e Camille andam comigo pela Rua 8, pelos prédios com suas pinturas desbotadas pelo sol, tijolos esfarelando e passarinhos cantando suas canções. Seria um lindo dia, com aquele céu azul e aquelas nuvens brancas fofas, se não fosse pelo fato de que Sandy está desaparecido e ninguém sabe o que aconteceu com ele.

— Estou me sentindo meio mal agora — Camille nos diz —, por fazer tanta piada de Sandy.

Jasmine passa o braço dela no de Camille enquanto elas continuam andando.

— Eu não — Darrell sussurra para mim. — Quero dizer, me sinto mal pelo garoto ter sumido, mas isso não muda o fato de que ele é esquisito. E *gay*.

Eu tensiono a mandíbula e fecho as mãos em punhos. Toda a raiva tem se acumulado e crescido em mim e eu quero me virar e dar um murro na cara de Darrell.

— Só porque ele é gay não significa que ele merece desaparecer — digo.

Bem, eu acho que digo, mas quando as palavras saem, até eu mesmo me sobressalto por causa de como minha voz soa enraivecida e alta. Jasmine e Camille ficam com os olhos arregalados.

Darrell ergue as mãos.

— Calma lá. Eu não disse que ele merece desaparecer. Só disse que ele é esquisito, só isso.

— Esquisito porque é gay? — Jasmine pergunta, seus olhos cortantes mirando Darrell.

— Ei, olha, escuta só — Darrell diz, sua própria voz mais alta agora. — Estou aqui, não estou? Estou procurando por ele, igual a você, beleza?

Jasmine não tem nada a dizer em resposta a isso, então continuamos andando, alternando quem grita o nome de Sandy.

Jasmine anda cada vez mais perto de mim, até que ficamos nós dois na lateral da rua enquanto Camille e Darrell marcham à nossa frente.

— Você não contou a eles que Sandy é gay, contou? — ela me pergunta.

Eu pisco os olhos sem dizer nada, mas não me atrevo a erguer o olhar da terra e da grama. Será que a terra e a grama ficam com raiva que estamos apenas caminhando, chutando e pisando o mundo em miniatura sob nossos pés sem nem pensar?

Jasmine cutuca meu braço, então eu digo:

— Não foi minha intenção.

Ela balança a cabeça e, simples assim, está brava comigo de novo — mais brava do que nunca. Posso dizer pelo jeito como ela para de andar e me encara com aqueles olhos que lentamente começam a estreitar até se fecharem por completo. Ela os aperta com força.

— Sandy me disse que ele contaria isso apenas para as pessoas que gosta. Pessoas em quem ele confia. Ele confiou em você o suficiente para contar a verdade. E daí você vai e fofoca para Darrell e Camille?

— Não foi minha intenção — digo de novo, mas minha voz e meu corpo e minha alma estão murchos.

Eu sei que ela está certa. Sei que fiz besteira. Parece que isso é tudo o que faço ultimamente. Penso em meu próprio segredo. Que eu sei onde Sandy estava ontem, e que estou com medo demais de contar isso a alguém.

— Desculpa.

— Não é para mim que você deveria estar se desculpando — Jasmine diz e então ela marcha adiante com Camille e Darrell, gritando o nome de Sandy.

Gritamos por tanto tempo que nossas vozes soam como pequenos gritos desgrenhados que parecem gatos vira-lata miando por comida, e caminhamos tão longe que eu não vejo mais ninguém da cidade que faz parte do grupo de busca. O sol não está muito alto. O céu está se tornando um azul mais escuro. Darrell diz que precisa ir para casa e Camille vai embora com ele, dando um abraço em mim e Jasmine e nos dizendo para não nos preocuparmos, Sandy será encontrado.

Jasmine quer continuar procurando, mas eu digo a ela que também estou ficando cansado. Ela parece decepcionada ao ouvir isso, mas não discute.

— Você me deixou com tanta raiva hoje, King — ela diz, e eu digo a ela que sei, e que sinto muito. — Mas ainda somos amigos e amigos perdoam amigos, e... — Ela segura minha mão, sua palma está quente e a minha está suada de andar o dia todo, então eu não queria que ela a segurasse assim, mas ela segura minha mão com força. — Promete que você vai se desculpar para o Sandy quando o encontrarmos, tá bom?

Digo a ela que sim, e ela caminha por seu próprio caminho, indo de volta para a cidade.

Eu a observo até ela sumir, então me viro e olho na direção oposta. Começo a caminhar e caminhar e caminhar sob o pôr-do-sol, o suor grudando na minha camisa, os pés doendo e ardendo nos tênis... até que estou de volta aonde estava, onde eu passo todas as tardes, em frente da lagoa de mil libélulas. Exatamente onde eu vi Sandy ontem.

Não vejo nenhum sinal dele. Nem mesmo uma pegada. Chamo seu nome, mas não ouço uma resposta. Apenas as cigarras e os pássaros e o esvoaçar de asas de libélulas.

Fico em pé ali e encaro as libélulas, mas pela primeira vez em muito tempo, não estou pensando em Khalid e na vida que ele costumava ter, ou na vida que ele tem agora.

O que aconteceu com você, Sandy Sanders?

6

Quando chego em casa, o sol já se pôs e o céu está preto. Meu pai está na sala de estar, sentado em sua cadeira coberta em plástico. Ele se levanta quando eu abro a porta, e minha mãe vem às pressas do corredor. Ela não diz nem mesmo uma palavra quando me puxa para um abraço apertado, então me segura à distância com as mãos nos meus ombros.

— Onde você tava? — ela pergunta com a voz alta.

— Com o grupo de busca.

Meu pai cruza os braços.

— A busca acabou há mais de uma hora.

— Fui dar uma caminhada depois.

Minha mãe começa a sacudir meus ombros.

— Um dia depois de um garoto desaparecer? Você perdeu a cabeça?

Não, mas acho que ela pode ter perdido. Faço essa mesma caminhada todo dia há três meses direto. Agora, porque Sandy desapareceu, não posso mais sair? Mas sei que não vale a pena começar uma briga por isso. Como Khalid sempre disse: É melhor deixar que nossa mãe e nosso pai pensem que estão certos sobre tudo, mesmo que estejam errados. Eu digo que sinto muito e nossa mãe parece satisfeita.

Mas eu sei que tenho mais a dizer. Alguma coisa que eles precisam ouvir.

É preciso reunir todas as gramas de coragem que tenho no sangue. Tenho que raspar os últimos pedaços de bravura que se escondem em meus ossos. Eu me forço a falar:

— Preciso contar uma coisa.

Inspiro e conto a eles o que eu deveria ter contado há quase um dia, quando minha mãe recebeu aquele primeiro telefonema.

— Eu vi o Sandy Sanders ontem — digo, minha garganta arranhando e a voz rouca. — No bayou.

Minha mãe não hesita. Ela se levanta e corre até o telefone. Ela o pega e disca e eu encaro minhas mãos enquanto sinto meu pai me observando.

— Por que você não disse algo antes? — ele pergunta.

Tenho dificuldade em olhá-lo nos olhos.

— Eu tava com medo, senhor.

— Com medo? — ele repete, confuso.

Sim, estou com medo. Com medo do pai de Sandy. Com medo de que as pessoas pensarão que eu tenho algo a ver com o motivo do desaparecimento de Sandy. Mas também porque estou envergonhado por ter estado com ele — porque eu sei que não deveria estar falando com ele e que Khalid ficaria com vergonha ao nos ver sendo amigáveis um com o outro, mesmo eu sabendo o que sei sobre Sandy Sanders.

Meu pai não diz mais nada. Minha mãe termina de falar com seja lá quem for no telefone e desliga. Ela cruza os braços e olha para mim.

— Acho que você deveria se preparar para ir dormir.

Ir dormir sem jantar? Eu não sou punido assim há muito tempo. Depois que Khalid morreu, eu provavelmente poderia ter feito qualquer coisa e me safado, se tentasse. Mas agora que estamos seguindo em frente, minha mãe me olha com aquela expressão séria que ela costumava fazer sempre que eu aprontava. É quase uma sensação boa, saber que minha mãe ainda pode me punir. Que ela não é feita apenas daquele sorriso falso.

Eu sei bem que não devo discutir quando ela fica assim, então me levanto e ando pelo corredor e fecho a porta do quarto sem dizer nada. Eu me sento na beira da cama, mas não posso ficar nesse quarto, não essa noite — não quando consigo sentir aquela dor familiar. A dor que escavou um buraco em meu peito para estar sempre dentro de mim, respirando como um espírito que veio e me possuiu, mas hoje ela está aumentando, aumentando, aumentando e eu acho que não serei nada além de tristeza se continuar sentado nessa cama que costumava dividir com Khalid.

Eu me inclino para a janela e a abro com esforço para que o calor denso me atinja no rosto, e pulo para fora, caindo com um baque surdo na grama seca, amassando-a enquanto atravesso o quintal, as pedras afiadas pressionando as solas dos meus pés descalços. O quintal está uma bagunça. Costumava ser um jardim de flores e tomates, mas agora as ervas-daninhas tomaram conta, e a grama cresceu tão alta e longa e as videiras pendem das árvores de magnólias, eu tenho um pouco da sensação de estar em uma selva quando vou andando os poucos metros até a barraca que está no meio de tudo.

É uma daquelas barracas de acampamento que precisa ser desdobrada e presa no solo. Meu pai comprou para o Khalid quando ele era pequeno e não parava de implorar por uma casa na árvore — ganhou a barraca como prêmio de consolação, já que meu pai fica cansado demais de trabalhar na obra o dia todo para chegar em casa e construir mais uma coisa. Eventualmente, Khalid parou de brincar com a barraca e ela se tornou minha. A parte externa é azul escuro, e bege e marrom na parte interna, e tem o meu saco de dormir, travesseiros e um rádio que eu ouvia quando ia dormir à noite. Depois que Khalid morreu, e depois do funeral, quando vi colocarem o corpo dele na terra, esse era o único lugar em que eu poderia estar sem sentir que eu seria engolido por inteiro, onde eu poderia recuperar o fôlego e sentir que conseguiria continuar respirando.

Abro o zíper da barraca, mas antes que eu possa dar um passo para dentro, uma movimentação nas sombras quase me causa um ataque do coração. Meu cérebro se atualiza com o que meus olhos estão vendo. Eu os aperto no escuro.

— Sandy?

Ele está sentado na barraca. Há embalagens de batata frita e pretzels ao seu redor e uma garrafa vazia de Mountain Dew. A culpa está estampada em seu rosto, mas também há círculos inchados de cores diferentes. Sua bochecha e seu olho esquerdos estão com hematomas. Há um corte em seu lábio inferior.

— Sandy — repito, mesmo estando claro que é o Sandy, e ele já sabe que este é o seu nome. — O que você tá fazendo aqui? Você tá bem?

Ele faz um gesto para eu me calar e coloca o dedo na frente da boca, mesmo que esse seja o *meu* quintal e a *minha* barraca.

— Anda, entra logo.

Eu balanço a cabeça, mas me apresso a entrar e fecho o zíper da barraca.

— O que tá acontecendo? — pergunto, me exaltando com ele em um sussurro. — A cidade inteira tá procurando por você.

— Eu sei — ele diz, hesitante, olhando para meu saco de dormir.

— Então o que você tá fazendo aqui? — digo. — Seu pai tá louco de tão preocupado. Ele fez uma conferência de imprensa e teve um grupo de busca...

— Um grupo de busca? — ele repete, e posso ver que ele está se sentindo ainda mais culpado com isso.

Ficamos ambos sentados e nos observando, seus cabelos cor de palha bagunçados no rosto com sardas, e de repente eu me lembro da última vez em que estivemos na minha barraca assim — quando ele me contou seu segredo. A última vez que ele guardou um segredo para mim também. Meu irmão me disse que eu não deveria mais ser amigo de Sandy Sanders e, de certo modo, quando penso nisso, é por causa dessa barraca. Se não estivéssemos aqui, fingindo que estávamos em nosso próprio mundinho, então meu irmão não teria ouvido, não teria visto, não teria me falado para ficar longe de Sandy. Talvez Sandy e eu ainda seríamos amigos.

— O que aconteceu com seu rosto? — pergunto a ele, mas ele não responde minha pergunta. Apenas enfia a mão no saco de batatas, mexendo até puxar uma e colocar na boca, mordendo com um ruído crocante.

— Você não vai contar para ninguém, não é? — ele pergunta enfim.

— Que você tá se escondendo no meu quintal? — digo. — Claro que vou contar! Você não pode ficar aqui.

— Por favor, não conta pra ninguém — ele diz, e agarra meu braço, apertando-o com força. Eu quase o arranco dele, mas vejo a expressão em seu rosto. — Por favor, por favor, King, promete que não vai contar pra ninguém.

— Como posso fazer isso? Eu me meteria em uma encrenca tão grande se alguém descobrisse que eu sei onde você tá — digo. — Além do mais, e o seu pai? E o Mikey?

Sandy solta meu braço.

— Mikey sabe que vou ficar bem, e meu pai — ele respira fundo. — Preciso de um lugar pra ficar por um tempinho. Um lugar para me esconder.

— Se esconder do quê? — pergunto, mas ele não diz.
— Me conta.

Nada ainda. Os hematomas em seu rosto, o corte no lábio — sempre me perguntei, mas nunca questionei, nunca disse nada.

— Seu pai... Ele não te bateu, né?

Sandy ainda não encontra meu olhar. Ele encara as mãos e ajeita a coluna, sentando-se mais aprumado.

— Ele não precisa saber onde estou, tá bem? Vamos deixar isso quieto.

Ele deve ver minha expressão, porque Sandy diz:

— Você não precisa me ajudar. Não precisa fazer nada se não quiser. Tudo que precisa fazer é fingir que nunca me viu. Ninguém pode te culpar se você não sabia de nada.

— Acho que não — digo.

Mas, de algum modo, não acho que é assim que as coisas vão se resolver, no fim das contas.

7

Deixo Sandy no jardim, sentado em minha barraca, porque não sei o que mais eu deveria fazer. Sandy implorou para que eu não contasse a ninguém, para manter em segredo sua nova casa na barraca. Eu me lembro do último segredo que contei por impulso. Jasmine tinha razão. O fato de Sandy ser gay não é da conta de ninguém a não ser dele mesmo. Não sei o que me fez tagarelar sobre isso para Camille e Darrell. Mas sei que só de lembrar disso eu me sinto como se tivesse mil fogueiras queimando em mim — especialmente se eu contar mais um dos segredos de Sandy.

Eu me esgueiro de volta pela janela e me arrasto para a cama que costumava ser de Khalid e apenas de Khalid, antes da minha chegada que nos fez ter que dividi-la, e agora ela pertence apenas a mim. É engraçado como algumas coisas acabam acontecendo, exceto que esse é o tipo de graça que faz meu peito doer.

Luzes amarelas brilham como uma linha embaixo da porta do meu quarto, e ouço alguns murmúrios e sussurros que não pertencem à TV, vozes na cozinha. Eu nunca ouço minha mãe e meu pai conversando assim depois que vou para a cama, não mais, então me aproximo furtivamente da porta e encosto a mão para abri-la um pouquinho.

— ...significa que ele não merece encontrar o filho —
minha mãe estava dizendo.

Meu pai não responde.

— Você consegue imaginar? — ela diz depois de um segundo, a voz rouca. — Não saber o que aconteceu? Não saber
se ele está seguro? Acho que deve ser ainda pior. Pior do que...

Meu pai ainda não responde.

— Não — minha mãe diz. — Deixa para lá. Nada é pior
do que isso.

A voz do meu pai é grave e séria.

— Algumas pessoas merecem o que acontece com elas.

— Aquele garoto não fez nada.

— O irmão dele fez — meu pai responde depressa. —
O pai dele fez. E o avô. Eles fizeram o bastante.

— Então aquele menino é punido pelos erros de sua
família?

Posso imaginar facilmente minha mãe sacudindo a cabeça do modo que ela faz, com os lábios comprimidos.

— Algumas pessoas merecem o que acontece com elas
— meu pai diz de novo. — Matar um homem por motivo nenhum a não ser a cor de sua pele. Arrastar seu corpo para
cima e para baixo no bayou. O xerife é do mesmo jeito. Não é
certo, prender pessoas inocentes e trancá-las por metade de
suas vidas — meu pai diz alguns palavrões nessa hora, palavras que ele nunca diria na minha frente. — Tudo o que
quero dizer é que talvez a família Sanders pode aguentar
sentir, eles mesmos, um pouco de dor. Do jeito que eles
causaram dor para todo mundo.

Eu sei que a conversa terminou porque a conversa sempre
termina quando meu pai diz que isso é tudo que ele quer dizer. Mesmo daqui posso sentir minha mãe pressionando os
lábios com força, pensando mil coisas que eu queria poder

ouvir. Não quero acreditar no que meu pai disse. Acreditar que Sandy merece algo ruim por causa das coisas que seu irmão, pai e avô fizeram.

Fico parado em pé, respirando contra a porta do quarto e escutando o ar entrando e saindo dos meus pulmões durante o que poderia ser um minuto inteiro, até que ouço sussurros, murmúrios baixos do meu pai e um soluço de choro. Esse soluço soa como uma respiração cortada, como se minha mãe houvesse enfiado a mão em uma panela de água fervente antes de puxá-la de volta. Um choro baixo e estrondoso vem em seguida, tão baixo que o ar tremula e os pelos em meus braços ficam ouriçados.

Até agora, ouvi esse som três vezes. Uma vez quando teve uma batida na porta da frente e o xerife ficou em pé ali e nos disse que tinha notícias a dar. O xerife não gosta de pessoas com a cor da pele igual à minha, eu sabia disso tão bem quanto qualquer pessoa, então fiquei assustado ao vê-lo em pé na entrada de casa, e minha mãe estava nervosa também, pelo jeito como ela segurava os braços apertados. O xerife não queria dizer o que havia acontecido. Ele não conseguia nem pronunciar as palavras, sua boca aberta e sua pele ficando vermelha sob o sol quente. E quando ele disse as palavras, eu nem mesmo ouvi o que ele disse de início — ou talvez ouvi, mas minha mente não conseguiu entender nada, então se tornou apenas um emaranhado de sons confusos. Minha mãe não se mexeu, não falou, não tinha uma palavra para responder àqueles sons que haviam saído da boca do xerife. Não há palavra alguma no mundo que alguém possa dizer em resposta a algo assim, então em vez de falar, aquele choro baixo e estrondoso se rasgou da boca, dos pulmões e da alma de minha mãe. Era um som que eu nunca havia escutado antes.

O xerife queria que ela fosse com ele ao hospital imediatamente, mas ela bateu a porta em sua cara e deslizou até o chão, agora gritando tão alto que chacoalhou meus ossos. Eu estava assustado, e corri para o quarto que compartilhava com Khalid e fechei a porta e escondi a cabeça debaixo do travesseiro. Meu cérebro havia começado a desembaraçar as palavras que saíram da boca do xerife, mas eu não acreditava. Eu sabia que ele estava errado. Queria que minha mãe também percebesse que ele estava errado para que parasse de gritar.

Meu pai soube do que aconteceu quando estava no trabalho. Ele voltou para a casa, e ele e minha mãe me deixaram no quarto, como se houvessem esquecido que eu estava lá, enquanto foram para o hospital. Eu estava sentado na sala de estar quando a porta se abriu de novo. Seus rostos estavam tensos, os olhos secos, como se não tivessem chorado nada. Eu conseguia imaginá-los, andando por aquele hospital e agradecendo todo mundo e agindo do modo mais educado possível, esperando até que pudessem andar de volta para casa e liberar toda aquela dor que havia acumulado por dentro. E foi isso o que minha mãe fez. Ela soltou outro choro grave e estrondoso que parecia fazer a terra sacudir sob nossos pés, partindo o mundo em dois.

A última vez que ouvi esse som foi na manhã do funeral enquanto ela passava maquiagem e tirava os bobes do cabelo. Ela não havia chorado a manhã inteira. Não havia dito uma única palavra. Ela se movia mecanicamente, como um robô, enquanto ajudava a arrumar o colarinho da minha camisa e colocar seus brincos de pérola, os que ela usa apenas nas ocasiões mais especiais. Ainda havia bobes no cabelo da minha mãe quando ela abriu a boca e aquele choro se derramou. Foi longo, como se ela houvesse esquecido que precisava respirar, sua voz ficando cada vez mais grave, áspera e arrastada enquanto ela deslizava lentamente para o chão — até que, finalmente, ela inspirou o ar e soltou um grito. Meu pai veio correndo e a abraçou enquanto ela gritava e gritava e gritava. Aquele grito ainda ecoa em meus ouvidos. Como se toda a dor do mundo, toda a tristeza e solidão e corações partidos estivessem sendo transmitidos pelos pulmões da minha mãe.

O choro da minha mãe é abafado agora, arfante e trêmulo, e consigo imaginar seu rosto escondido no ombro do meu pai e meu pai talvez até esteja chorando também — chorando aquelas lágrimas silenciosas, como ele fez no funeral, toda a água do mundo jorrando de dentro dele. Eu não sabia que nenhum dos dois ainda chorava daquele jeito. Eu me pergunto se minha mãe e meu pai estiveram escondendo sua dor de mim, chorando toda noite enquanto a porta do meu quarto está fechada.

Pratos batem na pia, ouço passos e uma porta se fechando. A luz debaixo da minha porta desaparece e sou mergulhado em mais nada além da escuridão. Eu me viro e me arrasto até a cama, encarando o teto escuro, esperando que essa noite Khalid venha me visitar em meus sonhos.

As libélulas me cobrem. Elas estão em meu cabelo, na minha pele, as asas cristalizadas esvoaçando ao meu redor, tentando se arrastar para meus olhos e entrar em meus ouvidos ou até no meu nariz. Centenas de milhares de libélulas, tantas que começo a imaginar se estou me tornando uma libélula também. Mas nenhuma delas é Khalid.

Elas explodem pelo ar, um estouro de asas e, como a fumaça que se dissipa, lá está meu irmão. Ele está em pé me observando como sempre faz em meus sonhos. Eu grito seu nome.

Nos sentamos em nossa cama. Khalid não está dormindo dessa vez. Ele está sentado encostado na parede, olhando através da janela para o luar. Eu vejo um vislumbre pela janela também. Planetas que eu nunca vi antes se alinham no céu: um enorme planeta roxo que tem ondulações na superfície como em mármore, um planeta vermelho ainda maior que se parece com uma brasa esfriando, um pequeno verde e azul que se parece um pouco com a Terra. A pele de Khalid é marrom sob a luz prateada que escorre pela janela. Eu quero mais do que tudo que ele me dê seu sorriso de canto de boca, mas seu rosto está paralisado como o de uma pintura, tão quieto quanto o dia em que eu vi seu velho corpo repousando naquele caixão, tão quieto quanto está debaixo da terra agora.

"O que eu devo fazer?" pergunto a ele, e não sei por que estou perguntando algo assim.

"Você já se perguntou?" ele fala.

"O que você quer dizer?"

"O universo começou", ele me diz, "e algumas pessoas dizem que foi graças a Deus, e outras pessoas dizem que foi por causa da ciência e da energia e de outras coisas que os humanos não conseguem entender, e eles dizem que o universo ainda está expandindo, e que centenas de milhares de anos-luz de distância, estrelas inteiras que podemos ver já estão mortas e desaparecidas, mas se isso é verdade, você não acha que tudo aqui e agora já aconteceu a centenas de milhares de anos-luz de distância também? Então, de certo modo, todos nós já desaparecemos, e o universo inteiro começou, se expandiu e terminou, tudo no mesmo segundo."

Não sei o que Khalid quer dizer. É isso que digo a ele. Seu lábio cai um pouco, e percebo que mesmo ouvindo sua voz, as palavras não estão saindo de sua boca.

"Você não é o seu corpo", ele me diz.

"Então sou o quê?"

Ele está fechando os olhos.

"Sinto sua falta", eu digo.

Ele se foi. Desapareceu do meu lado, como se nunca houvesse estado ali antes. A dor aumenta em mim e, quando eu pisco, estou afundando na água, azul e límpida, ficando cinza e então marrom quanto mais afundo, as bolhas subindo e fazendo cócegas em minha pele como o esvoaçar de asas.

Eu acordo chorando. A luz do sol brilha rosada em meus olhos, e eu normalmente soltaria um grunhido e me viraria para esconder o rosto debaixo dos lençóis até minha mãe vir bater furiosamente na porta, me dizendo para levantar e me arrumar para a escola ou chegarei atrasado — mas a dor de hoje pesa em meu peito, tentando abrir caminho por debaixo da minha pele. Posso sentir o gosto do sal e quero gritar o nome de Khalid, gritar tão alto e por tanto tempo que os mortos não tenham outra opção a não ser devolvê-lo para mim.

Aperto os lençóis por cima da cabeça, mas meus olhos se abrem. A noite passada volta à mente e eu me lembro: Eu sei onde Sandy Sanders está se escondendo.

Pulo para fora da cama, enxugando o rosto até secá-lo, e abro a porta, empurrando-a, me esgueirando pelo corredor enquanto fico atento por sinais da minha mãe e do meu pai. A porta do quarto deles ainda está fechada, e o relógio luminoso no fogão diz que são 5h54 — eles têm um alarme programado para as seis da manhã, então não tenho muito tempo. Eu me apresso para a cozinha, as meias deslizando no piso, e abro a porta da geladeira com um puxão para pegar o leite. Despejo um pouco em uma tigela, bolhas brancas estourando, e pego o cereal Lucky Charms no armário. Equilibro a tigela, uma colher e o cereal enquanto saio pela porta de entrada, para a luz brilhante do sol nascente, e atravesso o quintal com suas flores silvestres, ervas-daninhas e magnólias entre a vegetação em excesso.

A terra e a grama sob meus pés estão úmidas do orvalho, e há até mesmo gotas de água no exterior da barraca. Apoio o cereal e a tigela no solo, acidentalmente derramando um pouco de leite nas meias, e abro o zíper da entrada.

Sandy se senta com um sobressalto, mas quando vê que sou apenas eu, apoia a mão no peito.

— King! Jesus, você me assustou!

— Não diga o nome do Senhor em vão — digo, mesmo sem saber de verdade o que isso significa e falo apenas porque é o que a minha mãe me diz.

Inspiro profundamente como se estivesse prestes a mergulhar na água e entro na barraca, pegando o cereal depois e fechando a entrada. Estou um pouco nervoso por estar aqui nessa barraca com Sandy. A mesma barraca onde ele me contou seu segredo há pouco tempo atrás. O mesmo lugar onde Khalid nos pegou e me disse que eu não poderia mais ser amigo de Sandy. Khalid não ficaria feliz se soubesse que estive aqui, ajudando Sandy a se esconder. Eu não sei se ele entenderia algum dia o motivo de eu estar fazendo isso. Não sei se eu mesmo consigo me entender de verdade.

Parte de mim quer apenas deixar a tigela e a colher e o leite e o cereal e eu sei que, ao olhar para mim, Sandy consegue enxergar isso. Ele nem parece surpreso. Não, não o surpreende nem um pouco que eu seria tão cruel com ele.

Empurro o Lucky Charms na direção dele.

— Isso é pra você.

Sandy agradece, pega a caixa de cereal, despeja uma montanha e engole tudo em um minuto cravado. Eu olho para as embalagens de plástico — pretzels, batatas, biscoitos —

espalhadas ao redor. Todas estão vazias. Não há nem mesmo uma migalha.

— Há quanto tempo você tá aqui? — pergunto, cruzando as pernas e puxando a camiseta, nervoso.

Minha mãe daria um tapa em meu pulso e me diria para ficar quieto.

Sandy fala com a boca cheia. Outra coisa que minha mãe diria que é rude.

— Dois dias.

— Você veio para cá logo depois que eu te vi? — pergunto.
— Lá no bayou?

Ele assente.

— Eu me escondi na moita e te segui até em casa. Você nem percebeu.

— Sério?

Ele me lança um olhar.

— Não, King, não é sério. Você sempre acredita em tudo que qualquer um fala.

Estou um pouco bravo por ele ter me enganado. Ele vira a tigela na boca e bebe todo o leite. Ele estende a mão para pegar a caixa de novo, mas eu a arranco dele. Eu sei que isso não é muito legal, mas Sandy também não tem sido muito legal.

— Me fala o que está acontecendo — eu exijo. — Por que você está aqui? Por que fugiu?

Sandy coça a linha do maxilar, e eu percebo que ao lado do hematoma, ele tem pequenos inchaços avermelhados no rosto, nas mãos e nas pernas. Ele deve ter sido devorado por todos os mosquitos, carrapatos e formigas.

— Eu não preciso te contar nada.

— Precisa se quiser continuar nessa barraca.

Ele me encara, então dá de ombros.

— Tá bom.

Ele se levanta como se fosse sair, mas eu agarro seu braço antes que possa pensar duas vezes — agarro-o e imediatamente solto.

Nós dois olhamos para o ponto onde o toquei, como se esperássemos que seu braço fosse explodir. Ele se senta e cruza os braços. Ele está tentando parecer bravo, mas em vez disso parece assustado. Seus olhos são grandes e estão fixos no chão entre nós dois.

— Não somos mais amigos, King. Foi isso que você me disse. Você disse que não quer mais falar comigo.

— Isso não te impediu de falar comigo no bayou.

— Você estava chorando! — ele diz, mais alto do que deveria. Ele percebe como elevou o tom da voz, então olha de volta para o chão. — O que eu deveria fazer? — ele sussurra. — Me senti mal.

Fico envergonhado por ele ter dito em voz alta que eu estava chorando. Sinto o calor e a raiva se avolumando em minha garganta.

— Não é da sua conta se eu estava chorando ou não.

Ele ainda não consegue olhar para mim quando fala.

— Do mesmo jeito que não é da sua conta porque eu fugi.

Ficamos sentados em silêncio por um longo tempo. Eu devolvo a caixa de Lucky Charms. Ele ergue o olhar para mim, então pega a caixa e enfia a mão no saco como se fosse de batatas, abarrotando a boca com mais cereais. Eu sei que ele está com fome, mas não é tão diferente assim do modo como ele costuma comer. Eu me lembro como eu e Jasmine ficamos surpresos na primeira vez que nos sentamos para almoçar com Sandy. Ele come como se sua vida dependesse disso. Como se, caso ele não botasse aquela comida no estômago naquele exato momento, ele nunca mais veria uma migalha de comida na vida. Minha mãe diria que ele estava agindo como um animal — como se não tivesse modos, nenhuma classe. Mas, por outro lado, acho que ela diria que a família Sanders inteira é assim.

Continuo observando Sandy por um segundo, pensando em tudo que ouvi minha mãe e meu pai conversando noite passada. Não sei o que me faz dizer isso. Talvez eu ainda esteja um pouco bravo. Talvez um pouco curioso também.

— Você sabe o que todo mundo fala do seu irmão? — pergunto a ele.

Ele tira o olhar da caixa e olha para mim, a mão parando a poucos centímetros da boca, antes de enfiar mais cereal para dentro. Ele não está nem mesmo procurando os marshmallows.

— O que quer dizer?

— Mikey — digo, como se ele não soubesse o nome do próprio irmão. — Todo mundo diz que Mikey matou um homem negro.

Sandy para completamente de comer dessa vez, mas então eu percebo que é porque o cereal acabou de vez. Ele encara meu saco de dormir, com uma expressão vazia, como se não soubesse o que dizer. Os passarinhos estão cantando agora. Já faz mais de cinco minutos desde que saí da casa. Minha mãe provavelmente já acordou. Ela deve estar se perguntando onde estou.

— Por que você diria isso? — ele me pergunta.

Dou de ombros.

— É o que todo mundo diz.

— Não é verdade.

— Como você sabe disso?

— Porque ele é meu irmão! — Sandy diz, com a voz mais alta mais uma vez.

— É, bem, seu irmão é um racista — digo a ele, minha voz subindo de tom também. — Você sabe o tipo de coisa que ele costumava fazer com Khalid?

Uma punhalada de dor atinge meu peito e afunda no meu estômago. Quando foi a última vez que falei de Khalid assim? A última vez que disse seu nome? Respiro fundo, como se todo aquele ar fosse fazer a dor em meu estômago sumir, mas não faz nada.

— Você sabe o que seu irmão costumava dizer?

O rosto de Sandy fica rosa, um rosa forte, então vermelho. Seus olhos estão ficando aguados também.

— E seu pai — digo a ele, minha voz suavizando. — Seu avô também.

Ele balança a cabeça.

— Mikey não é racista.

— Para ser sincero — digo a ele — tudo isso me faz questionar sobre você também.

Ele se levanta sem dizer uma palavra, pega sua mochila e mexe com o zíper da barraca. Eu o assisto ter dificuldades para sair. Suas mãos estão tremendo.

— Aonde você tá indo dessa vez? — pergunto.

— Você se importa? — ele estoura.

— Sim — digo antes que possa me impedir.

Ele se vira para me encarar e a expressão em seu rosto é a mais furiosa que eu já vi.

— Você é um babaca, King — ele me diz. — Você é a pior pessoa que eu já conheci. — E ele está chorando abertamente agora. Se ele sente vergonha por chorar, ele tem um jeito esquisito de mostrar isso, me olhando nos olhos dessa maneira. — Sim, meu avô era um racista, e não há nada que eu possa fazer em relação a isso. Mas você...

A última parte é o que me atinge. O que faz minha respiração ficar presa na garganta. *Mas você.* O jeito como ele fala, eu acho que Sandy Sanders deve me odiar agora.

Eu sussurro um pedido de desculpas antes que possa pensar melhor, e sei que digo isso com sinceridade. Mas não sei se Sandy me escuta, porque ele continua a falar.

— Nós éramos *amigos* — ele diz. — Contávamos *tudo* um para o outro.

— Eu sei.

— E então eu te contei— ele hesita, sua voz ficando mais baixa. — Eu contei a você que gosto de garotos e acabou aí. Você olhou para mim como se eu fosse cuspe no seu sapato. Como se eu te enojasse. Você acha que meu avô é ruim porque ele era um racista. Mas o que você está fazendo, King? Você está fazendo exatamente a mesma coisa.

E acho que Sandy poderia ter me dado um soco, pelo jeito que está me encarando. Ele quase nunca olha ninguém nos olhos desse jeito, mas está fazendo questão de me olhar nos olhos agora. Ele tenta pegar o zíper da barraca de novo, tenta se afastar de mim, e eu deveria deixá-lo ir, mas seguro sua mão de novo. Ele a arranca de mim, mas se senta de volta, abraçando os joelhos rente ao peito. Ele está chorando. Eu nunca vi um garoto chorar assim. As lágrimas do meu pai jorravam dele, como se fosse tão natural quanto o ar. Sandy está tremendo a cada soluço de choro, o corpo inteiro se movendo, tossindo e arfando.

— Não é justo — ele diz. — As pessoas dizem que meu avô era ruim, mas então essas mesmas pessoas me odeiam por ser quem sou. Elas estão fazendo a mesma coisa que dizem odiar sobre meu avô. Não é justo — ele diz de novo. — Nem um pouco justo.

Quero dizer que ninguém o odeia, mas sei que isso não é verdade. Penso no modo como Camille e Darrell falam de Sandy. Eu sei que metade do colégio cochicha as mesmas coisas. Ninguém se senta ou fala com ele, exceto Jasmine.

Sandy está certo.

— Sinto muito — digo de novo, mais alto dessa vez.

Ouço meu nome sendo gritado. Minha mãe está me chamando. Há medo em sua voz. Sandy e eu olhamos para o zíper da barraca na expectativa de que o zíper vai se abrir magicamente e revelar nós dois e nosso segredo para o mundo inteiro. Minha mãe grita meu nome de novo.

— Preciso ir — digo a Sandy. Fico de joelhos e estendo a mão para o zíper da entrada.

— Eu vou embora — ele me diz. — Vou encontrar um novo esconderijo, assim — ele hesita, e eu acho que ele pode estar tentando dizer algo tipo *assim você não precisará mais lidar comigo*. Eu o interrompo antes disso.

— Não — digo. — Fica.

Ele franze um pouco o cenho e eu não faço ideia do que ele está pensando.

— Por favor — digo a ele. — Só fica aqui. Pra onde mais você iria?

Ele não pode voltar para casa. Mesmo que ele não me conte o que aconteceu, eu sei que aqueles hematomas e aquele corte em sua boca não apareceram do nada. Jasmine e eu já tínhamos notado os hematomas em tons de amarelo e verde nos braços de Sandy antes. Jasmine sussurrou para mim uma vez que ela acha que o pai de Sandy pode ser abusivo. Ela disse que quer contar a um professor, mas estava com medo de Sandy ficar bravo com ela.

Sandy balança a cabeça.

— Posso encontrar outro lugar para me esconder.

— Você vai acabar sendo pego.

Ele olha para mim sob os cílios, um pouco tímido.

— Promete que não vai contar a ninguém?

Balanço a cabeça.

— Não conto. E continuarei a trazer comida. Posso te levar escondido para dentro de casa para tomar banho. Você ficará seguro aqui.

Não falamos nada sobre como ele não pode ficar aqui para sempre. Como ele pode estar seguro agora, mas pode não ficar seguro por muito mais tempo. Damos um aperto de mão, como meu pai diz que os homens de respeito em Louisiana fazem para fechar um acordo, e é isso.

8

Quando deixo Sandy na barraca, minha mãe me pega tentando me esgueirar de volta pela janela. Ela fica em pé na entrada do meu quarto com os braços cruzados.

— O que você está fazendo, King? — ela diz. — Não me ouviu te chamando?

Eu tento não olhar para trás enquanto digo a ela que não consegui dormir à noite, então voltei para a barraca. A boca da minha mãe se fecha rapidamente, sem perguntar mais nada. Eu penso em como ela e meu pai ficaram bravos quando descobriram que eu sabia que Sandy esteve no bayou. Como eles me puniram pela primeira vez em três meses desde que Khalid se foi. O que eles fariam se descobrissem que estou escondendo Sandy no quintal? Eu tremo. Provavelmente é melhor não pensar nisso.

Algumas noites, quando não consigo dormir, apenas fico sentado na cama, encarando a hora passando no celular até que eu me canso de tentar dormir quando o sono definitivamente não está vindo. Eu me levanto e deslizo a mão sob o colchão para pegar o diário. Pulo todas as anotações sobre evolução. Passo o olho pelas páginas, para ver se Khalid me deu alguma pista sobre onde posso encontrá-lo.

O tempo é um só. Ele me disse isso mais de uma vez, em um sono profundo, os olhos tremulando sob as pálpebras enquanto ele sonhava. *Não há nada assim. O tempo é um só.*

Levei um longo tempo para decifrar o que isso poderia significar — até que uma manhã, enquanto estávamos comendo cereal, ele me disse que, às vezes, ele acha que o tempo não existe. Que tudo está acontecendo ao mesmo tempo, do primeiro estouro que iniciou o universo até o momento em que tudo chegará ao fim. Isso é bastante coisa para estar acontecendo ao mesmo tempo. Uma explosão, uma expansão de estrelas e galáxias e planetas e sóis, nosso planetinha com todas as nossas vidinhas, e então tudo virando pó, até que nada neste universo exista mais. É bastante coisa para estar acontecendo agora, neste momento, mas Khalid apenas deu de ombros. *Por que não?*

Se ele estiver certo, e tudo está acontecendo ao mesmo tempo, então talvez, mesmo quando ele ainda estava vivo, ele sonhava com o futuro. Talvez ele soubesse que eu estaria procurando por ele. Talvez uma noite ele me disse onde eu poderia encontrá-lo assim que ele se tornasse uma libélula, e eu sequer percebi. Talvez tudo isso signifique que ele ainda está vivo, mesmo agora.

Khalid, vivo agora mesmo, enterrado debaixo da terra. Vivo enquanto dorme e sonha, vivo enquanto me dá aquele sorriso de canto de boca e coloca a mão no meu cabelo, vivo enquanto diz "Te amo, maninho!" como se fosse nossa piadinha. Vivo com aquela dor no meu peito que se expande como se fosse seu próprio universo.

Meu pai me dá uma carona em sua picape enferrujada. O noticiário toca no rádio. Sandy Sanders é mencionado pelo menos três vezes, mas ontem isso era tudo o que o locutor do programa de rádio estava falando. Parece que todo mundo está começando a desistir e seguir em frente. Parece que isso é tudo o que as pessoas fazem.

Uma mulher liga para o programa de rádio para dar sua opinião, mesmo que ninguém tenha perguntado por ela. *Sabe, aqueles meninos Sanders, ela diz. O pai pode ser o xerife, mas Michael e Charles Sanders nunca foram nada além de encrenca. Pequenos delinquentes, se me perguntarem. O mais novo provavelmente fugiu. Ele pode estar a meio caminho de Nova Orleans a essa altura.*

Meu pai não está escutando de verdade. Posso ver, ou ele já teria mudado a estação. Estendo a mão para o botão e mudo para a estática, e meu pai sai do transe. Ele ergue a cabeça. Ele não se barbeou hoje. Khalid costumava me dar um meio sorriso enquanto se olhava no espelho, em busca de sinais da sua primeira barba. Ele foi para a terra sem nunca ter tido uma. Não é justo que eu possa ter uma barba um dia, mas Khalid nunca terá.

— Tenho algo para te dizer, King — meu pai diz. As palavras dão um choque em meu coração que faz o sangue circular com força.

Não é como se nunca conversássemos. Não é como se ele nunca tivesse nada a dizer durante essas nossas viagens de carro. Às vezes ele murmura alguma coisa que se esqueceu de fazer, ou me pergunta com a expressão neutra como vão as coisas na escola. Mas pelo jeito como ele diz, "Tenho algo para te dizer", é óbvio que ele está falando sério.

— Faz algum tempo que eu quero te dizer isso — ele diz. Engole. Aperta as mãos no volante.

Todo o ar saiu dos meus pulmões.

— Tem alguma coisa a ver com o Khalid? — sussurro.

Meu pai olha para mim sobressaltado.

— O quê? — ele diz. — Não, não é sobre o Khalid.

Posso sentir a decepção se entranhando em mim e o alívio sendo expirado.

Um minuto inteiro de silêncio passa. Meu pai diz:

— Quero te contar uma coisa que meu pai me disse, quando eu tinha a sua idade.

Ah, não. Já ouvi falar dessa conversa. Khalid a ouviu antes. Eu consegui escutar escondido meu pai dando uma lição para ele, enquanto assistia desenho na sala de estar. Quando escutei, imediatamente quis esfregar os ouvidos com detergente. Já consigo sentir meu rosto se retesando de vergonha e olho pela janela, mas meu pai não continua pelo caminho que eu esperava.

— Tem algo que você precisa entender — ele diz — sobre ser um homem nesse país. Sobre ser um homem negro.

Eu franzo um pouco o cenho, o olhar contornando as linhas na palma das minhas mãos.

— Você tem tanto poder aí dentro, King — ele diz, e eu nunca ouvi meu pai falar desse jeito antes, como se repentinamente ele tivesse o espírito de um poeta ou pastor ou talvez até mesmo um profeta. — Você tem tanta força, você pode fazer o mundo se curvar à sua vontade. É por isso que sua mãe e eu o nomeamos o que você é, sabe?

Ele assente, como se estivesse falando consigo mesmo mais do que está falando comigo agora.

— Mas esse país tem medo de você — ele me diz. — O mundo tem medo de você. Eles sempre terão. Do mesmo jeito que tinham medo de Malcolm e atiraram nele. Do mesmo jeito que tinham medo de Jesus Cristo e o pregaram na cruz. Eles terão medo de você, e algumas pessoas, elas vão querer machucá-lo porque estão com medo. Eu preciso que você entenda isso.

A voz dele falha.

— Eu preciso que você tenha cuidado. Você está me entendendo, King?

Consigo ouvir as palavras que ele não disse: *Você precisa ter cuidado, King, porque eu não posso perdê-lo também.*

— Sim, senhor — eu respondo rápido, porque posso ouvir a urgência na voz do meu pai.

Ele tensiona a mandíbula e não olha para mim pelo resto da viagem. Suas palavras ecoam em minha cabeça. Penso em Jasmine. Ela tem a pele como a minha, até mais escura. Será que o mundo tem medo dela também? Penso em Sandy. O jeito como ele disse que recebe o mesmo tipo de ódio. E ele? Será que o mundo tem medo dele? É diferente porque as pessoas podem ver a cor da minha pele, mas ninguém pode olhar para Sandy e ver quem ele ama? E quanto a quem eu amo?

Meu pai desacelera sua caminhonete e para em frente ao meu colégio. Parece que abelhas começam a voar nas minhas entranhas quando percebo que é hora. A hora do dia em que meu pai diz que me ama e eu tenho que decidir se direi de volta.

Eu amo meu pai. Eu sei que amo. Então por que não consigo dizer isso a ele? Por que sou sempre tão covarde?

Eu pulo para fora da picape, a porta ainda aberta atrás de mim. Eu fico em pé ali, encarando-o, esperando meu pai dizer as palavras.

Ele continua olhando para a frente, então olha de relance para mim.

— O que você está fazendo? — ele diz. — Feche logo a porta.

Um vazio se abre em meu peito. Eu bato a porta e meu pai acelera pela estrada, uma nuvem de poeira se assentando atrás dele.

Jasmine senta comigo durante o intervalo. O intervalo é na biblioteca. Programas de TV, filmes e livros sempre mostram bibliotecários raivosos seguindo as crianças barulhentas para cima e para baixo, dizendo a elas para ficarem em silêncio, mas a bibliotecária da nossa escola não se importa nem um pouco. Ela está dormindo sobre a mesa, e Darrell e um bando de outras crianças gritam e riem perto da janela, assistindo vídeos em seus celulares e se filmando também. Darrell pula para uma cadeira e se equilibra por uma fração de segundo antes da cadeira tombar e ele cair de bunda no chão. Todo mundo solta uma única e longa risada e nem mesmo eu consigo evitar de sorrir com isso. Camille e Breanna e algumas outras garotas estão tirando selfies e fofocando. Apenas Anthony está sentado em um canto, tentando realmente fazer o dever, com os fones nos ouvidos. Antes de Sandy me ver desenhando Naruto, e antes de Jasmine nos escutar por acaso conversando sobre anime, eu costumava ser quieto assim, e Sandy, e Jasmine também — sentados em mesas separadas, os narizes enfiados em nossos livros didáticos enquanto líamos e fazíamos nossos deveres de casa. Darrell costumava rir de mim por isso, mas eu gosto mesmo de fazer o dever de casa. Gosto de aprender. Quero ir para a faculdade, mesmo que ainda não saiba qual curso escolher.

Jasmine já tem tudo planejado. Ela quer se tornar uma animadora. Aposto que ela vai acabar uma daquelas diretoras famosas da Pixar ou da Disney. Sandy disse que ele não se preocupava com qual caminho seguir. Ele não pode pagar uma faculdade. Ele provavelmente vai acabar ficando nessa mesma cidade pelo resto da vida, e diz que não se importa.

O fato de Sandy não estar sentado aqui comigo e Jasmine parece abrir um espaço vazio que deveria ser preenchido. Não estamos falando muito, nós dois. Ela está escrevendo em seu caderno agora. Seus olhos estão vermelhos, como se ela não estivesse conseguindo dormir direito.

Então, do nada, ela pergunta:

— Você acha que é verdade o que todo mundo está dizendo? Estou confuso.

— O que é verdade?

Ela olha de volta para o caderno.

— Que o Sandy só... fugiu de casa?

As palavras ficam emboladas na minha garganta. Por mais bravos que eu imagino que meu pai e minha mãe ficariam se descobrissem que estou escondendo Sandy e não contei isso a ninguém, sei que Jasmine ficaria furiosa. Tão furiosa que ela pode parar de falar comigo por toda a eternidade. Tão brava que ela não seria mais minha amiga. Não, não só isso. Acho que Jasmine iria me odiar. Tenho sorte que ela decidiu me perdoar pelo modo como contei a Camille e Darrell sobre Sandy gostar de outros garotos. Mas isso? Tenho medo de que isso possa ser imperdoável.

— Quero dizer, se é verdade que ele fugiu — ela diz —, isso seria muito melhor do que... Você sabe, as outras coisas que as pessoas estão dizendo.

Imagens passam na minha mente. Jacarés, água, sequestradores, alienígenas. Jasmine deve ter se torturado pelos últimos três dias.

— Mas se ele fugiu... Ele deve saber que todo mundo está preocupado, não é? Por que ele simplesmente fugiria sem dizer nada a ninguém? Por que ele não contaria nada pra *mim*? — ela pergunta. — Ele não fugiria assim.

Ela se vira de volta para o caderno, mas posso ver que ela não está prestando atenção em seja lá o que ela está fazendo.

Eu quero muito, muito mesmo mudar o assunto de Sandy Sanders.

— O que você está escrevendo? — pergunto a ela.

Ela não olha para mim.

— Estou escrevendo meu roteiro.

— Um roteiro?

Ela assente.

— Decidi tentar escrever um roteiro de filme.

— O roteiro de um filme inteiro?

Ela ri.

— Sim, King, foi isso que eu disse.

Parece que ela está na metade do caderno.

— Há quanto tempo você está trabalhando nisso?

Jasmine parece ficar tímida.

— Alguns meses.

— Por que você não me contou?

Ela hesita e olha para a página à sua frente.

— Não sei. Acho que...

Eu espero, porque não faço ideia do que ela dirá em seguida.

Ela dá de ombros, ainda sem olhar para mim.

— É vergonhoso, só isso. Não quero que você pergunte se pode ler.

Fico magoado com isso — e, de repente, sinto que outra pessoa que conhecemos já deu uma lida no que está em seu caderno.

— Você deixou o Sandy ler?

Ela franze a testa.

— Sim — ela admite.

Minha perna começa a balançar para cima e para baixo. Não sei por que isso me deixa com tanta raiva — que ela deixaria o Sandy ler o que está em seu caderno, mas não eu. Ela acha que é mais amiga de Sandy? Não é como se eu devesse me importar. Khalid costumava me dizer que garotos não devem se importar com esse tipo de coisa, então eu finjo que não me importo.

— É sobre o quê? — pergunto.

Ela começa a piscar rapidamente.

— É só uma história — ela diz.

— Sobre o quê?

Ela respira fundo.

— Sobre uma garota que tem uma quedinha por um garoto, mas não sabe como contar para ele.

Meu estômago se revira só de ouvir isso. Jasmine ainda não está olhando para mim, e eu começo a ter uma sensação — uma sensação muito ruim — que ela pode estar escrevendo sobre mim. O calor começa a crescer no fundo do meu estômago como uma semente que foi plantada ali, e raízes se enrolam no meu peito e um caule sobe pela minha garganta e a flor que desabrocha da minha boca é um simples:

— Eca.

Jasmine revira os olhos.

— Garotos são tão imaturos.

Bem, isso me ofende.

— Não mais imaturos do que as garotas!

Ela me dá um olhar de *sério?*

— Você parou de falar com o Sandy porque descobriu que ele é gay. Eu diria que isso é bem imaturo.

Eu sei que ela está certa, e fico com raiva por não poder discutir com isso. O sinal toca e nós juntamos nossas coisas, eu pego a mochila e saio da biblioteca na frente dela. Chego ao corredor, alinhado com armários. Um braço se enrosca no meu pescoço e Darrell quase me derruba, rindo o tempo inteiro. Jasmine ergue uma sobrancelha com um pequeno sorriso, como se tivéssemos acabado de provar o seu ponto de *garotos são imaturos* antes de se virar e seguir pelo corredor com Camille e Breanna, em direção à lanchonete.

Eu empurro Darrell para longe de mim.

— Eu te falei pra parar de fazer isso!

Darrell sorri.

— Olha pra você, pensando que é tão crescido só porque tem uma *namorada*!

Empurro o ombro de Darrell.

— Jasmine não é minha *namorada*!

Mais alguns amigos de Darrell do time de basquete se juntam a nós enquanto andamos, e ele fica distraído demais para continuar me perturbando — mas é como se ele tivesse continuado. Agora eu não consigo parar de pensar em Jasmine. Aquele roteiro poderia ser sobre qualquer pessoa. O quão egocêntrico eu devo ser para imediatamente pensar que Jasmine está escrevendo sobre mim? Mas eu me lembro do modo como ela não queria olhar para mim, a vergonha irradiando dela e escoando para minha pele também.

Será possível que Jasmine tenha mesmo uma queda por mim?

A coisa toda faz com que eu queira encontrar um lugar para me esconder, do mesmo jeito que Sandy Sanders encontrou aquela barraca em meu quintal.

Todos nós chegamos à lanchonete que, por algum motivo, está mais silenciosa do que a biblioteca, talvez por causa dos professores rodando as laterais do lugar. A lanchonete tem vários bancos de plástico e cheira como se alguém houvesse derramado um coquetel de produtos de limpeza no chão. A moça branca do almoço, com seu cabelo em uma rede, tem um espaço entre os dentes e sorriso gigante no rosto enquanto coloca sanduíches de carne moída e pedaços de pizza com bastante queijo nos pratos, acompanhados por caixinhas de leite e bananas que já estão escurecendo. Eu me sento na mesma mesa de sempre, onde Camille e todo mundo que ela acha digno também se senta. Jasmine está absorta em uma conversa com Breanna do outro lado da mesa. Darrell se senta ao meu lado. Nós olhamos para as duas garotas, e elas erguem o olhar e nos notam observando, antes de desviar, tímidas. Darrell e eu trocamos olhares.

Ele balança a cabeça.

— Garotas.

Mas posso ver que ele está tão envergonhado quanto elas.

— Será que Breanna ainda tem uma queda por você? — pergunto.

A expressão dele é a de quem quer me bater.

— Fala baixo — ele sibila. — Não quero que ninguém mais saiba que ela gosta de mim.

— Por que não?

— Ela é alta demais! — ele diz, com a voz mais alta do que a minha. Eu olho de relance sobre a mesa, preocupado se a Breanna ouviu, mas ela está apenas sussurrando para Jasmine. — Todo mundo faria piada de mim.

— Isso não é um problema tão grande, é? — pergunto a ele, mas ele só resmunga alguma coisa e mexe na sua pizza de queijo. — E você?

Ele me fuzila com o olhar.

— Eu o quê?

— Tipo, você gosta *dela* também?

Ele dá de ombros, e estou surpreso que ele não me dá um NÃO gigante na cara.

— Um ano atrás, quando ela não era tão alta, tipo... é...

Eu quero rir, mas decido não ser, como diria Jasmine, *imaturo*.

— Bem, se vocês gostam um do outro, isso é bom, certo?

— Errado! — ele diz. — Não me pegariam nem morto. — Ele para com a boca aberta.

Eu nem havia percebido o que ele disse até ele parar de falar. Eu baixo o olhar para meu sanduíche.

— Quer dizer — ele se apressa a dizer —, eu nunca seria o namorado dela.

Eu quero agir como se não tivesse nada de errado, como se não tivesse acontecido um momento desconfortável que me lembrou da morte de Khalid. Não era nem o fato de que o Darrell disse a palavra *morto*, era mais porque ele acha que não pode dizê-la perto de mim. Eu desando a falar a primeira coisa que surge na minha cabeça, só para não ter que pensar sobre isso.

— Isso é meio triste, né? Vocês não têm nem ideia se são perfeitos um para o outro, e nunca saberão, só porque ela é mais alta. Você não é o seu corpo.

Ele estreita os olhos para mim.

— O que isso quer dizer?

Era algo que Khalid havia me dito uma noite — e mesmo que eu tenha dito, também não sei o que isso significa de verdade.

— E como você sabe se quer sair para um encontro com alguém? — pergunto.

Darrell ri.

— Quê?

Eu percebo que é o tipo de coisa que eu provavelmente deveria ter perguntado ao Khalid há muito tempo, mesmo sabendo que ele abriria um sorriso para mim e envolveria meu pescoço com o braço e esfregaria minha cabeça rápido e com força e exigira saber de qual garota eu gostava. Ou talvez fosse algo que eu deveria ter pesquisado no Google para descobrir a resposta por mim mesmo — mas agora é tarde demais para voltar atrás.

Eu abaixo minha voz.

— Como você sabe se gosta de alguém, sabe, *daquele jeito*? — pergunto a ele, olhando de relance para Jasmine.

Por acaso, ela olha para mim exatamente no mesmo momento, e desviamos o olhar tão rápido que é uma surpresa que nossos globos oculares não saiam voando das nossas cabeças.

Darrell dá um risinho de canto de boca.

— Ou você gosta de alguém ou não gosta — ele diz. — É bem fácil descobrir.

Não parece ser assim. Nem um pouco. Jasmine é uma amiga, e eu gosto dela — gosto muito, na verdade — mas isso deveria significar que eu quero segurar sua mão? Abraçá-la nos corredores, do mesmo jeito que eu vejo alguns dos alunos mais velhos fazendo antes do sinal tocar? Isso deveria significar que eu quero *beijá-la*?

Deus, não. Eu definitivamente não quero fazer isso.

Darrell não parece perceber minha tempestade interna de questões. Ele ainda está sorrindo para mim.

— Olha — ele diz com a voz baixa e cheia de um tom conspiratório —, ou você quer pedir a Jasmine em namoro ou não quer. Mas preciso te dizer: se você não quiser, eu tenho que começar a me questionar por que você costumava andar sempre com o Sandy Sanders.

Ele solta uma gargalhada alta com isso, e eu demoro uma fração de segundo a mais para começar a rir com ele.

9

Khalid está mais quieto do que de costume essa noite. Não consigo dormir, então em vez disso estou escrevendo uma lista das coisas que ele faz enquanto dorme:

Vira de um lado para o outro.

Os olhos tremulam sob as pálpebras. Isso deve significar que ele está sonhando.

Ronca por dois minutos.

Baba no travesseiro.

Ele me bate com o pé, então eu o chuto de volta.

A pele dele é marrom como a minha, e os cachos pequenos que ficam todos amassados quando ele dorme. Ele tem uma verruga perto do olho.

Ele balbucia alguma coisa. Pergunto se ele está acordado.

Ele responde: "Você não é o seu corpo, King."

Pergunto ao Khalid o que ele quer dizer com isso, mas ele não responde. Ele dorme por cinco minutos direto antes de começar a falar de novo.

"Somos todos uma única alma. As estrelas estão em nós."

Khalid não faz sentido. É isso que eu digo a ele.

"Somos todas as estrelas, cada uma delas no céu. Esquecemos de tanta coisa. Cada uma das estrelas tem sua própria cor.

Elas pontilham o céu. Tem essa nuvem. Você deveria ver, King. É tão grande quanto o oceano. Recheada com estrelas. Há flores caindo dela como chuva, cobrindo o solo inteiro. Só dá para andar sobre elas. Essas flores. Elas oscilam para a frente e para trás como ondas. Se mergulhar, há uma floresta de samambaias e cogumelos e grama, e às vezes as estrelas caem para brincar pela floresta, e eu posso voar entre as árvores, mas há as videiras — elas tentam pegá-lo se não for rápido. Eu sempre sou rápido. Eu voo até a nuvem e para o céu e ele é feito de luz. Um céu de luzes rodopiantes. Você já viu algo assim, King?

Quando toca o último sinal do colégio, eu me apresso andando pela calçada rachada em direção à cidade, sob o sol escaldante, pensando em como Sandy deve estar com fome, preocupado que ele possa não estar mais lá na hora em que eu chegar em casa.

Apenas quando estou a meio caminho de casa é que percebo que não fui ver as libélulas.

Eu paro de andar. Minhas mãos estão frias, mesmo no calor de Louisiana, e meu estômago se revira. Como posso ter esquecido? Como, por tudo no mundo, eu poderia me esquecer de ir ver as libélulas? Procurar por Khalid?

A brisa quente sopra no meu rosto, pelos meus cabelos. Os galhos das árvores dançam com a música do farfalhar das folhas e dos gafanhotos. Eu me viro, o vapor subindo do chão, vou andando cada vez mais rápido, até que estou definitivamente correndo, botando força nas pernas e braços, voando pelo pavimento, acelerando sobre a terra, até que aterrisso bem na beirada do bayou. Meus pulmões doem. Há um ponto na lateral do meu corpo com uma câimbra tão forte que eu me curvo para a frente. Eu caio na terra, respirando e arfando e chorando — parece que tudo o que eu faço é chorar — e as libélulas com suas asas de cristal não me dão a menor atenção.

Quando chego em casa, já é quase noite. O vermelho se desvanece para o roxo em todo o céu de Louisiana. Minha mãe me disse uma vez que cores assim não pertencem às nuvens.

— Sempre que você ver cores assim, corra. Estou te dizendo — ela disse —, nada bom vem dessas cores.

Eu nem entro na casa. Não faço questão de ir para dentro, porque sei como vai ser. Já consigo sentir o silêncio como uma parede, um arame farpado subindo pelas minhas pernas para me prender onde estou. O aniversário de Khalid está chegando. Todo ano, a ordem das coisas era a seguinte: o Dia de Ação de Graças, então o Natal, e então o aniversário do Khalid, e então Mardi Gras. Fazia sentido o Khalid ter nascido bem no meio de toda essa celebração. Era como se esse fosse o único período em que ele poderia ter nascido, a única época que faria sentido para ele. Esse é o primeiro ano em que não tivemos um Dia de Ação de Graças ou um Natal — e agora, o primeiro ano em que também não teremos um aniversário para o Khalid.

E quanto a mim? Eu nasci no meio do calor mais intenso de Louisiana, bem no meio do verão. Talvez seja por causa de todo aquele calor que eu tenho essa raiva dentro de mim agora. Eu nunca sentia raiva antes. Eu ficava bravo com minha mãe e meu pai e com Khalid, mas eu nunca senti a raiva que sinto agora. A raiva fervente em meu sangue e colérica em meus pulmões. A raiva que existe sem um bom motivo, a não ser o fato de que estou em pé aqui, vivendo e respirando, e Khalid não está.

Eu vou direto para o quintal, para a barraca, e abro o zíper. Minha respiração trava na garganta. Dentro, não há nada além do meu saco de dormir e lixo.

Sandy se foi.

Eu me viro. As folhas das árvores de magnólia se mexem e cintilam na brisa como uma miragem, mas eu não vejo ninguém — apenas as sombras da noite por vir.

— Sandy? — digo com a garganta seca.

Nada responde, nem mesmo a brisa.

— Sandy! — digo, arriscando chamar mais alto.

Ele se foi, e eu só posso culpar a mim mesmo. Esperei tempo demais. Fui ao bayou, sabendo que Sandy precisava de mim. Agora ele se foi, e eu não tenho como saber se ele está bem. Entro na barraca e me sento onde Sandy estava ontem mesmo. Talvez ele não tenha nem esperado para ver quando eu voltaria. Talvez ele tenha ido embora assim que eu fui para o colégio. Eu estava me enganando ao pensar que ele ficaria depois de como o tratei.

Ouço meu nome.

— King!

Ergo a cabeça. Olho para o mato, mas não vejo nada.

— King! — a voz repete, e eu vejo o contorno de uma pessoa que não havia notado antes.

A pessoa está parada tão quieta no mato que eu quase penso que é um fantasma — mas depois de me levantar, hesitar e andar pela grama, quanto mais me aproximo, mais fácil fica ver que é o Sandy, se escondendo atrás das folhas e dos espinhos.

— Sandy — digo, então penso que não queria ter soado tão aliviado quando disse seu nome. — O que você está fazendo? Por que você saiu da barraca?

— Seu pai — ele me diz.

Sua voz é aguda e chiada, e se eu achava que Sandy Sanders parecia nervoso antes, sem olhar nos olhos de ninguém e tagarelando além da conta, agora ele parece completamente aterrorizado. Ele está pálido como a luz da lua.

Só de ver Sandy tão assustado, meu coração já dispara, batendo com tanta força dentro do peito que sinto a vibração na pele.

— O que tem meu pai? — pergunto a ele.

— Ele voltou para casa. Eu não sabia que ele estava em casa, eu juro que não fazia ideia. Pensei que ele ficaria fora até mais tarde porque foi isso que ele fez nos últimos dois dias, e eu fiquei com fome, então entrei pela janela. Ele me ouviu fazendo barulho, abrindo e fechando os armários da cozinha e, sinto muito, mas ele gritou "Quem está aí?" e disse que estava ligando para a polícia, e eu corri para fora, pela porta da frente. Ele veio até o quintal. Eu estava com medo de que ele iria até a barraca, então me escondi no mato.

— Ele nunca mexe na barraca. Você teria ficado mais seguro se tivesse ficado lá dentro.

Sandy tensiona a mandíbula. Ele quer contar mais para mim.

— Seu pai — ele diz, a voz passando para um sussurro baixo. — Acho que ele me viu.

Eu paro completamente de respirar.

— Por que você acha isso?

— Ele veio abrindo caminho pelos arbustos, procurando atrás das árvores. Ele quase me pegou. Estava a menos de meio metro de mim, juro por Deus, antes de se virar e voltar para a casa.

— Tá bom, tá bom — digo, olhando sobre o ombro, com medo de que meu pai possa estar logo atrás de nós sem que eu soubesse. — Ele viu você. Mas ele viu que era *você*?

— Eu não sei! Mas não importa. Não posso mais ficar aqui. E se ele vier me procurar de novo?

Eu sei que ele está certo, mas a ideia de mandar Sandy de volta ao seu pai faz com que eu sinta que todos os meus ossos estão se esmigalhando. Quando Sandy está aqui, no meu quintal, pelo menos eu sei que ele está seguro, mesmo que mais ninguém na cidade saiba. Se ele fugir e se esconder em algum lugar onde eu não possa conferir como ele está toda hora, ficarei igual a Jasmine e todo mundo: apavorado que nunca o verei de novo.

E então — eu não sei, talvez minha mãe esteja certa e não há nada além de fantasmas em toda Louisiana, porque eu juro que é como se alguém aparecesse e sussurrasse uma ideia no meu ouvido. Sandy deve enxergar a lâmpada se acendendo sobre minha cabeça, porque ele franze o cenho para mim, torcendo as mãos juntas.

— Eu sei onde você deveria se esconder em seguida — digo a ele.

Houve uma noite em que Khalid passou um longo tempo me contando uma história sobre uma cabana que pertencia ao Velho Martin, seguindo o rio nas terras pantanosas. Ele falou com tanta clareza que poderia muito bem ter estado acordado.

"Parece uma casa de cachorro", ele disse, "e está vazia, exceto por aranhas e ratos do rio, e talvez um jacaré que conseguiu se esgueirar para dentro e nunca conseguiu sair."

Foi isso que ele disse. Eu me lembro porque foi a primeira e única vez que Khalid estava dormindo profundamente e me disse algo que eu não sabia sobre o mundo no qual habitamos juntos, em vez de mundos que apenas ele podia enxergar.

Foi tão estranho ele me contar sobre essa pequena cabana que eu perguntei sobre isso no dia seguinte, só para ver se era real. Estávamos comendo nosso cereal na pequena mesa redonda na cozinha. Khalid estava devorando sua tigela de Lucky Charms e, quando eu perguntei, ele franziu a testa para mim e quis saber como eu sabia da cabana do Velho Martin. Foi isso que ele perguntou. "Como você sabe?".

Eu me recusei a contar e ri na cara dele quando ele ficou com raiva, seus olhos se apertando e os cantos da boca virando para baixo, em vez daquele sorriso meio torto que parecia estar sempre estampado em seu rosto.

— Eu não quero te ouvir falando dessa cabana de novo — ele me disse.

Fiquei surpreso com a seriedade dele.

— Aquela cabana não é para mim ou para você — ele disse. — É onde pessoas como Mikey Sanders vão para fazer coisas que não deveriam estar fazendo. Você quer se formar? Quer ir para a faculdade?

Assenti, ficando repentinamente sério também.

— Então não fale daquela cabana comigo. Nunca mais.

E nunca mais falei. Eu quase apaguei a cabana da minha memória de vez, porque não queria arriscar alguém descobrindo que eu sabia sobre a cabana do Velho Martin. Mas olhando para Sandy, eu me lembro dela agora.

É noite quando chegamos no bayou. Não há luzes aqui fora. Está tão escuro que não consigo enxergar minha própria mão na frente do rosto. Uso a lanterna no meu celular para iluminar o caminho. A luz branca azulada combina com a mancha de estrelas sobre o céu, nos mostrando o caminho de terra pelo qual estou tão acostumado a andar todo dia. É engraçado como um pouquinho de tempo pode transformar algo. A estrada de terra e todas as árvores parecem um mundo completamente diferente, como o fundo de um lago com nódoas de poeira voando na luz prateada.

Sandy e eu ficamos quietos enquanto caminhamos. Não há como saber o que ele está pensando, e nem sei se quero saber, de qualquer maneira. Se minha mãe for ao meu quarto e ver que não estou dormindo na cama, depois de dizer a ela que eu estava cansado demais para ficar acordado após o jantar, tenho certeza de que ela iria me esfolar vivo — ou me manteria de castigo naquela casa pelo resto da minha vida.

— Tem certeza de que isso é uma boa ideia? — ele sussurra.

Não tenho certeza porque ele está falando tão baixo. Não é como se houvesse alguém por aqui, a não ser talvez os fantasmas.

— Você tem alguma outra ideia?

— Não — Sandy diz, e ele soa um pouco bravo —, mas sinto muito se eu não quero ser comido por um jacaré.

— Quando foi a última vez que você ouviu que alguém foi comido por um jacaré? Você vai ficar bem — digo a ele, mas mesmo no escuro, consigo sentir a pergunta *Você tem certeza disso?* irradiando dele.

Tenho sorte que ele não faz a pergunta em voz alta, porque também não tenho muita certeza.

Andamos até chegarmos à terra que afunda e engole nossos sapatos, fazendo ruídos na lama com cada passo. Passamos pelo ponto onde eu sempre fico em pé à espera de Khalid, onde Sandy me pegou chorando no outro dia. Não consigo ver as libélulas à noite — não consigo ver se elas estão voando por aí ou se encontraram um lugar para dormir em paz.

Continuamos a caminhar até a água e a terra e a lama atingirem nossas canelas. A lama entra nos meus sapatos e nas meias e entre os dedos do pé, e a sinto fria e nojenta. Sandy faz um som de *eca* enquanto arranca um pé da lama ao meu lado.

— King, onde é que essa cabana deveria estar? — ele diz.

Não gosto da raiva em sua voz. Estou fazendo um *favor* a *ele*, não é?

— Estamos perto.

— Como você conhece esse lugar? — ele pergunta.

Não quero contar a ele que soube dela graças a Khalid. Não quero pensar no meu irmão agora. Não quero sentir a tristeza presa no peito começar a subir e me preencher até parecer que estou submerso nas águas do bayou. Sinto uma pontada de culpa, por pensar em algo assim — pensando que não quero me lembrar de Khalid.

— Só confia em mim, beleza? — digo a Sandy, e ele não diz mais nada por um bom tempo.

Andamos em silêncio até chegarmos ao rio de verdade. Andamos pela margem lamacenta até o solo começar a se inclinar para cima e ficar mais firme e mais seco sob nossos pés. E aninhada ali, bem na beira da floresta, está a cabana da qual Khalid me contou.

Os painéis de madeira da casa estão pretos de musgo. A porta está pendurada pelas dobradiças, então precisamos nos esgueirar pelo pequeno espaço que há para conseguir entrar. As tábuas do piso rangem a cada passo, e o cheiro de mofo é predominante. Quando ilumino o local com a lanterna, estou praticamente esperando ver um fantasma em pé no canto da sala. Mas não há nada lá. O interior da cabana parece ser uma casinha separada. Há uma geladeira, um fogão, dois armários pequenos, todos encostados em uma das paredes. Há um daqueles sofás-camas bem no meio da sala, e um suporte de TV, apesar de não ter uma TV. Uma pequena porta na parede do outro lado está fechada, mas imagino que ali seja o banheiro.

— *Isso* é a casa? — Sandy pergunta com a voz rouca.

Estou preocupado que ele vai dizer que não há como ele ficar aqui. Se eu fosse ele, é isso que estaria dizendo para mim. Mas em vez disso, sob a luz branca da lanterna, ele se vira para mim com um sorriso.

— Isso é perfeito — ele diz, com a voz embargada.

Ele pula no sofá, que está coberto por um lençol branco, como se fosse um príncipe e aquele fosse o seu trono.

Eu tento ligar um interruptor de luz que vejo perto da porta, mas nenhuma luz se acende. Parece que ninguém esteve por aqui há anos. Talvez ninguém esteve mesmo.

— Pertence a quem? — Sandy pergunta.

— Não sei — minto, e posso sentir o olhar curioso de Sandy. Ando até a pia e experimento as torneiras e, após algumas tentativas, elas cospem um pouco de água amarelada, provavelmente direto do rio. — Mas você deve ficar em paz aqui. Não acho que ninguém vai vir te incomodar. E posso trazer comida e cobertores e tal.

— E histórias em quadrinhos? — Sandy pergunta, esperançoso.

Não consigo me impedir de sorrir também.

— Sim, posso trazer algumas histórias em quadrinhos, contanto que você as devolva.

Percebo uma lamparina a óleo sobre a bancada da cozinha e tento mexer nela para conseguir acendê-la, mas sem sucesso. Acho que pode ter um pouco de acendedor líquido na garagem lá em casa — posso tentar trazer um pouco escondido para cá, assim Sandy não precisará ficar sentado no escuro toda noite. Por ora, eu deixo meu celular virado para baixo sobre o sofá, para que funcione como uma lâmpada para o cômodo inteiro, banhando tudo em seu brilho prateado, exceto pelos cantos, que agora estão ainda mais escuros com as sombras.

Sandy se levanta do sofá.

— King — ele diz, como se estivesse prestes a iniciar um discurso —, obrigado.

Eu decido me fazer de bobo, principalmente porque estou envergonhado.

— Pelo quê?

Sandy fica inquieto, agarrando o braço na lateral do corpo, de repente nervoso demais para me olhar no olho.

— Você não precisava ser tão legal comigo e me deixar ficar no seu quintal, ou me trazer para esse lugar, mas fez mesmo assim. Então obrigado.

Eu hesito. Não digo por que eu o ajudei. Que eu estava me sentindo mal pelo modo como o tratei. Não quero admitir que errei.

— De nada — digo, e deixo por isso mesmo.

Sandy se joga de novo no sofá.

— Fica aqui comigo?

Posso sentir a lista inteira de coisas pelas quais eu ficarei encrencado, montando e se acumulando, bem no topo da minha cabeça. De jeito nenhum posso ficar aqui.

— Não — digo — eu preciso voltar para casa.

O rosto de Sandy é tomado pela decepção.

— Minha mãe e meu pai vão me prender e jogar a chave fora se me pegarem fora da cama.

— Se eles já não tiverem notado que você saiu, provavelmente não perceberão até de manhã — Sandy me diz.

Ele faz com que seus olhos fiquem grandes e arredondados, de um jeito que seu rosto agora, neste exato momento, poderia muito bem estar em um dicionário ao lado do termo *carinha de cachorro abandonado*.

— Ah, qual é... por favor? Estou feliz por estar aqui e tudo mais, mas sem as luzes... — ele gesticula para a cabana ao seu redor. — É um pouco assustador.

Eu olho ao redor para as sombras, teias de aranha e o vidro da janela que chacoalha mesmo com o sopro mais leve da brisa. Eu também não gostaria de ficar aqui sozinho, especialmente no escuro. A cabana parece o cenário de um filme de terror. Em teoria, eu não deveria assistir a filmes de terror, ou nada contendo violência, mas enquanto Khalid assistia a filmes e seriados por streaming em seu celular, ele me deixava espiar por cima do seu ombro, contanto que eu não contasse aos nossos pais. Acho que a maioria dos irmãos mais velhos me diria para deixá-los em paz, mas ele não se importava. Ele olhava para mim de vez em quando, em todas as partes assustadoras, e se ele via que eu estava tremendo de medo, ele dava um grande bocejo falso e desligava o que estávamos assistindo e dizia que queria ir dormir, apenas para me poupar da vergonha de precisar admitir que eu estava assustado demais para continuar assistindo.

Sandy me olha com aquele olhar arregalado e esperançoso. Eu me lembro de que ele costumava fazer a mesma coisa antigamente, quando éramos amigos, quando ele queria pegar emprestado um dos meus livros favoritos ou queria que eu o ajudasse com o dever de casa que ele não entendia. Para que eu o deixasse vir até minha casa e à barraca no quintal, porque ele ainda não queria ir para casa. *Quando éramos amigos.* Talvez, depois de tudo isso, podemos voltar a ser amigos.

— Tá, tudo bem — digo. — Mas se eu me meter em encrenca...

Eu começo, então paro, porque nunca fui muito bom em elaborar ameaças.

Sandy não se importa. Ele assente em concordância. Nós nos atrapalhamos com a parte móvel do sofá até que uma cama inteira é expelida. Sandy pula em cima dela, mas eu hesito, sentando-me no canto. Não há ninguém aqui para me ver com o Sandy, ninguém além de mim mesmo e os fantasmas.

Sandy me pede para contar a ele tudo o que está acontecendo.

— A cidade inteira ainda tá procurando por mim?

É melhor ser honesto, especialmente porque já estou mentindo sobre praticamente tudo em minha vida atualmente.

— Não — conto a ele. Estou surpreso que ele não parece desapontado ou magoado. Eu ficaria, se estivesse desaparecido e ninguém estivesse procurando por mim. Mas Sandy parece apenas aliviado. Eu continuo: — As pessoas ainda estão falando de você, e estão atentas, mas não teve mais grupos de busca. — Eu hesito. — Algumas pessoas acreditam que você fugiu.

— Bem, elas acertaram — ele diz, sem uma gota de culpa.

Eu pauso.

— Jasmine tá muito preocupada, sabe — digo a ele.

Ele tensiona a mandíbula, recolhendo os joelhos rente ao peito.

— Talvez eu devesse contar a ela — digo, mas nem termino a frase antes de Sandy gritar um não.

— Ela não vai guardar esse segredo — ele diz. — Eu conheço a Jasmine. Ela vai acabar contando para o primeiro adulto que vir, porque acha que sabe o que é melhor para mim. Mas ela não sabe.

Uma parte de mim se pergunta se Jasmine teria razão. Se *seria* melhor ela contar a verdade para um adulto, a coisa que eu estive com medo de fazer.

— Sabe, estive pensando no que você disse — ele me conta — sobre meu avô e meu pai e tudo mais.

A vergonha me atravessa ardendo e deixa meu rosto quente.

— Eu não deveria ter dito nada daquilo para você.

— Mas você tava certo — ele diz, as sobrancelhas se unindo enquanto ele franze a testa em direção a algo que não posso ver. — Meu avô era racista. Meu pai... ele diz um monte de coisas que não deveria. Não posso fazer nada em relação a isso — Sandy me diz —, mas ainda posso me desculpar por isso.

— Bem, não é como se fosse sua culpa.

— Ainda assim, sinto muito. Sinto muito que minha família machucou um monte de gente nessa cidade por motivo nenhum. É errado.

Eu sei que é preciso muita coragem para se desculpar. Pedir desculpas significa admitir que você está errado, algo que eu não aguento fazer, nem um pouco. Além disso, pedir desculpas por estar errado é como abrir os braços e se deixar ser atingido no rosto. Seja quem for que estiver recebendo suas desculpas, essa pessoa pode arremessar o pedido de volta, se quiser. Mas se Sandy é corajoso o suficiente para se desculpar, então posso ser corajoso o suficiente também.

— Eu também sinto muito. Pelo modo como as pessoas o tratam — respiro fundo. — Pelo modo como *eu* o tratei. Você não merece.

Sandy sorri um pouco com isso, ainda encarando para seja o que for que ele consegue enxergar e eu não.

— Sandy — eu digo — sobre o seu pai... Jasmine e eu, nós nos perguntamos...

A expressão de Sandy desaba ao ouvir isso.

— O quê? Vocês se perguntam do quê? — Sua voz é dura e seca, como se soubesse o que estou prestes a dizer, e estivesse me desafiando, me desafiando de novo, a continuar a falar.

Eu me retraio, mas não acho que Sandy percebe — ou, se percebe, ele com certeza não se importa. Ele espera a minha resposta, mal pisca enquanto me encara — ele nunca costumava olhar para alguém tão diretamente antes. Quando ele começou a olhar nos olhos das pessoas tanto assim?

— Não estávamos querendo fofocar ou falar mal, nada assim — digo a ele rapidamente. — É só que, você aparecia com uns roxos às vezes, marcas que você não queria que ninguém visse, e...

— Sim — Sandy interrompe. — Ele me bate.

Eu não sei o que dizer. Fecho a boca, porque percebo que ela está aberta — não só em choque, mas porque percebo que eu deveria dizer algo, *quero* dizer qualquer coisa ao Sandy que deixaria isso tudo melhor, mas acho que não existe nenhuma palavra no mundo capaz de fazer isso. Eu começo a chorar. Pela primeira vez há muito tempo, não é por causa do meu irmão. As lágrimas apenas começam a surgir e se acumular, e eu preciso piscar rápido e virar o rosto para o outro lado. Eu nem sei *por que* estou chorando. Por causa de como é injusto? Por que o Sandy não merece isso, nas mãos de ninguém, e definitivamente não do próprio pai? Por que não sei se há algo que eu possa fazer para impedir isso?

Digo a Sandy que sinto muito.

— Pelo quê? — ele pergunta, escondendo metade do rosto atrás dos joelhos, deixando a voz abafada. — Não é culpa sua.

— Mas você não deveria ter que...

— Eu disse que não é culpa sua, King.

Eu sei que ele não quer que eu fale sobre isso, mas não consigo parar.

— Foi por isso que você fugiu? Sabe, se eu contar para minha mãe, ela te ajudaria. Ela arranjaria um jeito de fazer ele parar.

— Ele é o *xerife* — Sandy diz.

— E daí?

Sandy balança a cabeça, e posso ouvir a voz de Jasmine ecoando em minha cabeça — *sou tão imaturo* — e percebo que, dessa vez, ela pode ter razão, porque eu não faço ideia do que fazer, ou dizer, para realmente ajudar Sandy. É o mesmo tipo de sentimento que sinto o tempo todo, sempre que me sento na cama à noite, ou observo as libélulas.

Mas com Sandy, posso ter uma chance de realmente mudar algo. Melhorar as coisas. Decido tentar mais uma vez.

— Você tem alguma tia ou tio? — pergunto.

Ele franze a testa olhando para as mãos. Ele as encara, com as palmas para cima, como se fosse começar uma leitura, igual tia Idris gosta de fazer, os dedos traçando as linhas em minhas mãos e me dizendo tudo sobre minha vida.

— Meu tio morreu quando ele e meu pai eram pequenos. Meu pai tem uma irmã que mora em algum lugar de Baton Rouge, mas eles não se falam mais. Somos apenas eu, meu pai e Mikey.

Eu mordo o polegar, me esforçando para pensar. Se Michael Sanders estava no mesmo ano de escola do meu irmão, então ano que vem ele terá pelo menos dezoito anos.

— Bem, e o seu irmão? Talvez você possa sair de casa com ele e...

O rosto de Sandy fica vermelho sob a fraca luz branca do celular enquanto ele encara as mãos.

— King, para. Você está que nem a Jasmine. Tentando consertar tudo. Você não pode consertar tudo.

Ele abaixa mais a cabeça, o rosto nas sombras, e eu não consigo ver se ele está chorando ou não.

Engulo e cruzo as pernas no assento.

— Por que você não fugiu antes?

— Como assim?

— Ele já te machucou antes — digo. — Por que você fugiu dessa vez?

Sandy não responde por um bom tempo. Quando responde, sua voz sai como um sussurro.

— Porque dessa vez ele descobriu que sou gay.

— Quê?

— Ele me disse para parar de agir tão — Sandy gesticula para o nada — gay. E eu disse a ele que não posso, porque eu *sou* gay. Juro que os olhos dele ficaram *vermelhos*.

Sandy força uma risada, mas isso faz meu estômago se revirar, há tanta dor na voz dele.

— Por que você disse isso?

Sandy para de rir e me fuzila com um olhar tão furioso que é assustador pensar que alguém, em algum momento, tenha zoado com Sandy Sanders. Tudo o que ele precisava fazer era dar aquele olhar para qualquer um e eles parariam de tagarelar, parariam na hora. É como se ele estivesse prestes a amaldiçoar minha vida e todas as próximas encarnações se eu me atrevesse a dar outro pio.

Eu vacilo, em busca das palavras certas para dizer.

— Eu... bem, quero dizer, se você sabia que ele poderia te machucar por causa disso, então por que você contou?

— Você tá sempre tão preocupado, King — Sandy diz, sua voz falhando, e eu não sei se é porque ele está prestes a chorar ou já está chorando, ou se é porque sua voz está apenas aguda. — Você se preocupa com o que todo mundo pensa o tempo inteiro. Você tá sempre preocupado se vai se meter em encrenca. Você se preocupa tanto que nunca para pra pensar em como ser feliz.

— Você tá *feliz* que o seu pai...? — engulo as palavras de novo.

— *Não* — ele diz. — Mas estou feliz por ter contado a verdade. Estou feliz por ter decidido ser eu mesmo, não importam as consequências. Não importa quem terá algo a dizer ou não. É com isso que estou feliz, King.

Ele pausa, os olhos me fuzilando mais uma vez, mas, dessa vez, eu sei que não é com toda a raiva que ele acumulou dentro de si.

— E você, está?

— O quê? Feliz?

Não, não estou feliz. Eu percebo isso como um soco no estômago. Eu nunca havia pensado nisso antes, mas agora — só por causa daquela simples pergunta — meu mundo vira de cabeça para baixo. Não estou feliz. E não sei se conseguirei ser feliz de novo algum dia.

Sandy não fala mais nada sobre o assunto. Ele me diz que vai dormir, e me pergunta se posso desligar meu celular. E esse é o fim da conversa.

10

"Deixa eu te contar uma coisa," Khalid diz, e então ri. A risada é igual à de quando ele está acordado. Como se ele tivesse toda a luz do mundo dentro em si, brilhando em seus olhos e através da pele. Ele não diz mais nada, então agora estou apenas pensando e escrevendo. O que é uma risada? É como se toda a alegria do mundo fosse capturada por um segundo e então não se consegue mais segurar e você a solta em uma grande explosão? É assim que Khalid ri. Tão alto e irritante! Mas eu também não consigo deixar de sorrir quando ele ri assim.

"Tá me ouvindo?"

Ele acabou de sussurrar isso. Eu me inclino, à espera.

"Vou te contar um segredo", ele diz. "Não existe isso de felicidade. Não existe tristeza, ou raiva, ou nada mais."

"O que quer dizer?", eu sussurro.

"Existe apenas você", ele diz. "A estrela dentro de você. Nada pode mudar isso. Não se esqueça, King. Promete."

Ele está falando com tanta seriedade e clareza que, por um instante, me pergunto se ele está acordado. Pergunto se ele está, e ele não responde, então eu sei que mesmo se ele estivesse acordado por aquele segundo, ele está dormindo de novo agora.

Hoje é o aniversário de Khalid.

Estou sentado no sofá da sala de estar, comendo Lucky Charms enquanto penso sobre a palavra *aniversário*. Aniversários foram feitos para apagar velas e envelhecer um ano e olhar para fotos de bebê e ver o quanto você cresceu. O aniversário de alguém ainda pode ser celebrado mesmo se essa pessoa se foi? Khalid não está mais crescendo. Ainda é o seu aniversário? É o dia no qual ele nasceu. Acho que nada pode mudar isso.

Meu pai não está se sentindo bem, então ele não foi para o trabalho hoje. Sem contar o dia do velório, acho que não houve outro dia em que meu pai não foi trabalhar, não que eu me lembre. Ele está em seu quarto com a porta fechada agora. Minha mãe está sentada à mesa da sala de jantar. Ela tem uma expressão distante em seus olhos de novo. Eu sei que se for até ela, ela vai piscar de repente e se virar para mim com aquele sorriso falso. Há uma quietude no ar — um tipo de sombra que se abate sobre nós em nossa pequena casa, vazando pelas paredes. Eu começo a pensar que se eu continuar nessa casa por mais um segundo, me transformarei em um fantasma, então sem nem me despedir, eu pego minha mochila e corro pela porta da frente para ir ao colégio.

As calçadas estão rachadas, com tufos de ervas-daninhas abrindo caminho nelas, e às vezes não há calçada alguma, só caminhos de terra ao longo do asfalto preto da rua. Estou marchando pela estrada, tentando não pensar em nada, porque quando penso sobre algo, esses pensamentos sempre voltam para Khalid.

O sol está quente.

Khalid sempre dizia, "Jesus Cristo, por que você fez esse dia ser tão quente?"

Eu não terminei meu dever de casa de matemática.

Khalid amava matemática mais do que qualquer outra matéria. Se eu estivesse empacado num problema, ele seria o primeiro a ajudar — mas eu queria me exibir para ele. Eu queria provar que sabia matemática tão bem quanto ele, se não melhor, para que ele me olhasse com um sorriso no rosto. Agora eu queria ter pedido a ajuda dele mais vezes.

— King! — ouço alguém chamar meu nome. — Kingston James!

Eu paro e me viro. Do outro lado da rua, sentado sob a sombra de uma árvore de magnólia, está Mikey Sanders e seus outros amigos brancos.

Eu me viro e recomeço a andar, ainda mais rápido, mas Mikey continua gritando meu nome e, quando olho sobre o ombro, ele está me seguindo pela estrada. Não sou rápido o suficiente. Ele me alcança com facilidade e agarra meu ombro e me gira.

— Não me ouviu te chamado, malandro? — ele diz.

Minha respiração trava na garganta. Ouvi dizer que a palavra *malandro* é como os racistas chamam um homem negro. Meu pai disse que, não importa o que aconteça, eu nunca deveria deixar alguém falar comigo desse jeito — mas Mikey tem duas vezes a minha altura, com aqueles minúsculos olhos aguados estreitados, olhando para mim como se ele estivesse pensando em me dar um soco. Mas então ele desvia o olhar, espremendo os olhos com a luz do sol que está queimando seu rosto vermelho.

— Tenho uma pergunta pra você — ele diz.

Minhas pernas estão tremendo. Seguro as alças da minha mochila com força.

— Você conhece meu irmão — ele diz, e isso não é uma pergunta. — Charles. Já vi vocês dois juntos.

Ele pausa por um breve instante, então pergunta:

— Você é amigo dele?

Isso é algo que eu mesmo estou tentando descobrir a resposta. Eu não falo, minha boca selada. Mikey não gosta que eu o ignore — não, nem um pouco. Ele estende sua grande mão branca e bate no meu ombro, me balançando para trás e para frente, como se estivesse pensando em me derrubar de vez.

— E aí? — ele diz. — Você é amigo do Charles, não é?

Eu quero dizer a ele que não, fazer com que ele me deixe em paz, mas não consigo dizer as palavras. Seria desrespeitoso com Sandy fingir que eu nunca fui seu amigo? Que talvez eu não seja seu amigo agora? Não parece justo, depois de tudo o que eu fiz com ele.

— Sim — digo a Mikey —, somos amigos.

Ele parece todo cheio de si enquanto tira a mão do meu ombro e cruza os braços.

— Sabia que vocês dois eram amigos. Só fico feliz que ele tem alguém para conversar. Parecia que ele ficava sozinho na maior parte do tempo. Eu tava preocupado com ele.

Eu não sei o que eu esperava que Mikey fosse dizer, mas não acho que esperava por isso. Parece quase um segredo que eu não deveria saber.

— Então, King — ele diz, se aproximando, ficando tão perto que eu sinto o cheiro daqueles cigarros que ele voltou a fumar. — Se você é amigo dele, sabe onde ele tá, não sabe?

Ele vê a expressão em meu rosto e assente, bem devagar.

— É. Você sabe onde ele tá.

— Não, eu não sei — digo, e me preocupo se falei rápido demais. Eu digo de novo, devagar e com firmeza. — Eu não sei onde ele está.

— Você tá *mentindo*.

— Não. Não estou mentindo.

Ele se mexe de repente, como se estivesse pensando em agarrar meu pescoço com aquela mão enorme dele, e eu me lembro de que Mikey Sanders pode ter matado um homem negro antes, então ele não deve ter problema em me matar também. Não consigo evitar. Dou um passo para trás, mesmo que isso signifique que eu obviamente estou com medo, apavorado.

Ele me encara.

— Me diz onde ele tá, King.

— Eu juro que não sei.

— Se você não me contar agora mesmo onde ele tá — ele diz — eu garanto que você vai se arrepender por ter mexido com a família Sanders. Tá me entendendo?

Estou assustado demais para me mexer. Eu não falo, não balanço a cabeça — nada. Nós ficamos em pé ali, encarando um ao outro, talvez por um minuto inteiro, apesar de não saber ao certo, já que estou com medo demais para contar os segundos. Eu me lembro como Mikey mexeu com meu irmão. Eu me lembro do jeito que meu irmão foi corajoso o suficiente para revidar. Eu sei o que ele me diria, se estivesse aqui. *Seja corajoso, King.*

— Eu não sei onde o Sandy está — digo, as palavras saindo da minha boca como se fossem ditas por outra pessoa — e mesmo se soubesse, eu definitivamente não contaria a você.

Por um segundo, acho que Mikey vai me dar um soco na cara. Mas então Mikey fica com uma expressão satisfeita, como um gato que capturou um lagarto na boca, e ele se vira e marcha para o outro lado da rua, de volta para a árvore de magnólia e sua sombra.

Assim que ele vai embora, posso sentir meu coração de novo. Está batendo acelerado em meu peito. Colidindo na caixa torácica. Acho que estou tendo um ataque do coração.

Foi isso que Khalid teve. Um ataque do coração, no meio do treino de futebol, por motivo nenhum. Ele era saudável. Ele era jovem. Ninguém como ele deveria ter um ataque do coração e morrer disso, mas aconteceu com ele.

Mas estou aqui. Estou vivo.

Eu continuo andando.

Jasmine tem passado cada vez mais tempo com Breanna e Camille no colégio. Na hora do almoço, nas aulas e até em nosso intervalo, quando deveríamos nos sentar juntos, eu vejo as três com suas cabeças abaixadas, trocando risadas e sussurros. Às vezes, sinto que elas podem estar rindo e sussurrando sobre *mim*, o que nem sempre faz eu me sentir bem.

É quando o último sinal do dia toca que Jasmine finalmente me dá alguma atenção. Estou em pé em frente ao meu armário, guardando meus livros, e ela para bem ao meu lado. Ela parece bem séria, como se estivesse em uma missão, quando me entrega o caderno no qual esteve escrevendo durante os intervalos. O caderno com seu roteiro.

— Eu quero que fique com ele — ela me diz.

Posso ver que ela está segurando a respiração. Seus ombros estão tão tensos que quase alcançam as orelhas.

— Você quer que eu leia? — pergunto, surpreso.

Jasmine coloca o caderno em minhas mãos. Sinto como se ela estivesse me entregando um diário — algo que eu não deveria ler, algo que é pessoal demais até para olhar.

— Não sei se devo — digo a ela.

Sua expressão se desfaz um pouco.

— Por que não?

— Não é sobre o garoto que você gosta? — pergunto a ela.

Ela agarra o braço e olha para baixo, na direção dos meus tênis. Não tive a intenção de perguntar — não mesmo — mas antes que eu possa pensar melhor, a pergunta sai voando da minha boca.

— Jasmine — digo — o garoto que você gosta... sou eu, não sou?

Ela não fala por algum tempo. Eu prendo a respiração, esperando pelo que ela vai dizer — desejando que ela minta, e nós possamos fingir que nada disso nunca aconteceu.

— Sim — ela diz por fim. — Você é o garoto que eu gosto.

Parece que minha pele está sendo lambida por fogo de tão envergonhado que eu fico. Eu não sei o que dizer em resposta, e Jasmine sempre foi do tipo paciente. Ela só fica parada ali, em silêncio, esperando pelo que eu tenho a dizer sobre ela gostar de mim, em vez de tentar preencher o silêncio.

Seguro o caderno em minha frente como se estivesse prestes a se desfazer.

— Por que eu? — pergunto.

Ela dá de ombros, e já que eles estão tensos na altura das orelhas, me parece que ela vai erguê-los para além do topo da cabeça.

— Você é muito legal — ela diz — e sempre pensa nas outras pessoas. Você é inteligente e empenhado e sempre faz o dever de casa como deveria. E com tudo que aconteceu com o seu irmão...

Ela para de falar.

Eu continuo encarando o caderno. Parece que estou ouvindo suas palavras debaixo da água. Uma garota está me dizendo que gosta de mim. De *mim*. O que eu deveria dizer em resposta a isso? O que eu deveria sentir? Um monte de garotas sempre gostou do Khalid. Elas o seguiam para cima e para baixo por nossa cidadezinha, com seus rostos maquiados e cabelos compridos. Khalid nunca teve uma namorada. Ele era focado demais no futebol e seu time de debate e suas notas. Ele estava pesquisando para quais faculdades gostaria de ir. Ele não tinha tempo para ter uma namorada. Mas aposto que ele poderia me dizer o que responder agora. Talvez ele poderia até mesmo me ajudar a descobrir se eu gosto de Jasmine do mesmo jeito que ela gosta de mim. Porque essa é uma coisa que definitivamente não sei.

— E então? — ela pergunta, sua voz toda suave, como se estivesse esperando que eu diga algo que vai magoá-la.

Eu já causei dor o suficiente nessas últimas semanas. Magoei Sandy mais vezes do que consigo contar. Não consigo imaginar fazer a mesma coisa com Jasmine. E se eu disser que não gosto dela desse jeito — isso significa que ela não vai querer mais ser minha amiga?

Eu respiro fundo.

— Eu também gosto de você — digo a ela.

Um sorriso brilhante, tão quente quanto o sol, irradia do seu rosto e brilha tão forte que eu preciso fechar os olhos. Ela me envolve em um abraço.

— Isso significa que agora somos namorados? — ela pergunta.

Eu sei que ela quer ouvir um sim, então é isso que digo a ela.

Jasmine segura minha mão o caminho inteiro até passar pelos portões do colégio. Posso ver todo mundo me observando. A boca de Darrell está aberta e Camille me dá um aceno e um sorrisinho. Minha mão está suada demais, quente demais, e eu não quero que Jasmine a segure aqui, na frente de todo mundo — mas somos namorados agora, e é isso que namorados fazem. Ela me beija na bochecha e sai correndo antes que eu possa dizer alguma coisa, me deixando para trás com um coro de *uuuuuuuuuuh* de todo mundo que está nos assistindo.

Eu sorrio como se não fosse nada de mais, mas enquanto ando pela estrada de terra poeirenta, não consigo pensar em mais nada.

Khalid ficaria feliz em saber que eu tenho uma namorada. *Você não quer que ninguém pense que você é gay também, quer?* Foi isso que ele me perguntou, ouvindo o que Sandy havia dito, sobre gostar de outros garotos. Mas se Khalid ouviu Sandy dizer aquilo, então ele deve ter ouvido também o que eu disse. Minha resposta ao Sandy, naquela mesma barraca: *Às vezes, eu me pergunto se talvez eu seja gay também.*

Khalid nunca disse que me ouviu dizer aquelas' palavras. Ele só me disse para ficar longe de Sandy. *Você não quer que ninguém pense que você é gay também, quer?*

Eu havia dito a ele que eu não me importava com o que ninguém pensava, mas Khalid se importava. *Pessoas negras não podem ser gays, King. Já temos o mundo inteiro nos odiando por causa da nossa pele. Não podemos ser odiados por causa de algo assim também.*

Quando Khalid me disse aquilo, eu parei de me perguntar. Parei de indagar por que eu não gosto de garotas do mesmo jeito que Darrell gostava delas. Indagar por que, às vezes, quando eu estava perto de Sandy, eu sentia algo esquisito no estômago, e eu gostava da risada e do sorriso dele, e podia ouvi-lo falar por horas a fio e não ficar entediado nem por um segundo; esse é o tanto que eu sempre gostei de ouvir o que ele tinha a dizer. Indagar, às vezes — só às vezes — se essa era a sensação de *gostar* de alguém.

Eu tentei parar de me perguntar. Eu tentei parar com todas as questões. Mas agora, a caminho das libélulas, essas questões são tudo o que preenche a minha cabeça.

11

Quando chego ao bayou, continuo andando, passo pela lagoa e sigo o caminho que havia feito com Sandy na noite anterior. Parece diferente à luz do dia. Os galhos dos carvalhos e seus fios de musgo pendentes varrem o solo, e o cheiro doce das flores de magnólia enchem o ar. As cigarras fazem seus ruídos e a brisa sussurra através das árvores.

A cabana parece ainda pior sob a luz do sol, como se estivesse prestes a tombar de lado. Eu me esgueiro pela porta da frente, mas Sandy não está lá dentro. Levanto o olhar, pela janela, e vejo suas costas enquanto ele se senta no chão à beira do rio.

Dou a volta até a parte de trás da cabana, uma onda de calor e barulho de cigarras me atinge, e me sento ao lado dele, a grama úmida se amassando sob minhas mãos e molhando minha calça jeans. Penso em me aproximar sorrateiramente de Sandy e assustá-lo, mas ele mal olha para mim.

— Oi, King.

— Você não parece surpreso em me ver.

— É porque eu consigo ouvir os seus passos a um quilômetro de distância. Alguém já te disse que você pisa forte o suficiente para acordar os mortos?

Gosto do fato de que Sandy pode dizer a palavra *mortos* sem parecer todo preocupado. Eu balanço a cabeça.

— Não.

— Bem, você anda assim.

Eu jogo as pernas por cima do montinho sobre o qual estamos sentados, as águas do rio se mexendo e respingando abaixo de nós. Sandy está segurando uma linha de pesca. Quando pergunto a ele sobre isso, ele me diz que a encontrou no armário da cozinha, com mais um monte de outras coisas.

— Um martelo, alguns parafusos, um rolo de fita adesiva e uma caixa de fósforos — Sandy pausa. — Você acha que essa casa pertencia a quem? — ele pergunta.

— Não sei — minto — mas espero que seja lá quem for, nunca volte.

— Eu também — ele diz. — Eu gosto daqui. Acho que eu poderia morar aqui para sempre. Tudo o que preciso fazer é pegar alguns peixes, colher algumas frutinhas e colocar uma panela do lado de fora para coletar água quando chover. Eu ficaria bem vivendo aqui pelo resto da minha vida.

— Você ficaria solitário? — pergunto a ele.

— Tenho você, não tenho?

Essa pergunta me faz sentir pares de asas se espalhando dentro do peito.

— Jasmine é minha namorada agora — conto a ele.

Sandy vira a cabeça para me olhar. É a primeira vez que ele olhou para mim desde que cheguei aqui.

— De verdade?

— Sim.

Ele volta o olhar para o rio agitando-se sob nós. Ele não fala por um tempo, até dizer:

— Parabéns.

— É isso que se deve dizer quando você descobre que alguém tem uma nova namorada?

Ele dá de ombros.

— Como eu deveria saber? Nunca conheci alguém que arrumou uma namorada. Mas estou dizendo agora.

— Você gosta de fazer o que quiser, não é?

Ele concorda com a cabeça.

— Sim, eu gosto.

— Tenho inveja de você — digo a ele.

— Por quê? — ele pergunta, e parece bravo de verdade.

— Você pode fazer o que quiser também, se decidisse que é isso mesmo que vai fazer.

Mas eu não sei se isso é verdade. Não posso fugir. Não posso contar a todo mundo que gosto de garotos, não de garotas. Não posso fazer nada disso. Não sei o porquê. Não sei por que é tão diferente para mim e Sandy.

— Não gosto de você dizendo que tem inveja de mim — Sandy me diz. — Quando tem essa vida perfeita.

Eu solto uma risada.

— Minha vida não é perfeita!

— Ah, não? — ele diz, me lançando um olhar. Aquele olhar que me surpreende. Eu não sei por que Sandy está tão bravo comigo agora. — Sua mãe e seu pai podem comprar uma camiseta e uma calça jeans nova sempre que você quiser?

Eu desvio o olhar, a culpa estampada em meu rosto, mas Sandy continua.

— Sua mãe ainda está morando com você? Não te abandonou quando você era um bebê? Você tem uma cama para dormir? — ele pausa. — Seu pai bate em você?

— Sinto muito, Sandy.

— Parece que isso é tudo que você sabe dizer. Parece, para mim, que se você tá pedindo desculpas o tempo todo, isso significa que você não pensa muito antes de dizer e fazer as coisas que fazem você ter que se desculpar depois.

Voltei a ficar com raiva agora. Sandy está sempre bravo comigo esses dias. Não importa o que eu diga, não importa o que eu faça para ajudar — não tem como voltarmos a sermos amigos como antes.

— Pelo menos você ainda tem o seu irmão — eu sussurro.

O rosto dele suaviza, mas ele não fala nada em resposta. Ficamos quietos, esperando por algum peixe morder a linha. Quando estou começando a pensar que pode não existir nem mesmo um único peixe vivo naquele rio, e podemos ficar aqui esperando até o fim dos tempos, Sandy diz:

— Jasmine, hein?

Eu me forço a sorrir.

— É. Nunca imaginei isso.

— Eu sabia! — ele diz. — Ela só falava de você. Fico surpreso que você não tenha percebido antes que ela gostava de você.

— Sério?

Ele ri.

— Você é mesmo inocente, hein, King?

Acho que sou, então não tenho por que discutir com isso. Mas percebo Sandy desviando o olhar e começo a me perguntar. Talvez exista ainda mais coisas das quais eu não tenha percebido.

— Sandy — digo — você não gostava de mim também, né?

Ele respira fundo e o Sandy que eu me lembro está de volta — seu olhar muda para o solo e ele mexe com a linha, seu rosto ficando um tom vívido de vermelho. Mas sua voz é firme quando ele fala.

— Bem, sim — ele diz. — Eu gostei de você por um tempinho. E então, naquela noite...

Ele para, mas eu já sei o que ele quer dizer. Aquela foi a noite em que tudo mudou. Quando ele me contou seu segredo, e eu contei o meu a ele.

— Não consigo nem explicar o quanto eu fiquei feliz naquela noite — ele me diz, sua voz ainda mais quieta agora, difícil de ouvir com todas as cigarras e o rio e a brisa farfalhando pelas árvores. — Não foi só porque eu gostava de você. Foi porque eu finalmente senti que não estava sozinho. Pela primeira vez, alguém estava me dizendo que era igual a mim.

— E então eu estraguei tudo — termino a frase dele.

Ele não responde, mas ambos sabemos que é verdade. Eu estraguei tudo entre nós, só porque eu estava com medo demais. Por que eu tenho que ficar com tanto medo o tempo todo?

Antes que eu possa dizer mais alguma coisa, Sandy se sobressalta. Eu olho para onde ele está encarando — suas mãos, onde a linha que ele está segurando se estica com tensão.

— Você pegou alguma coisa! — grito para ele.

— Eu sei! — ele grita de volta.

A linha puxa de novo, então quase sai chicoteando de suas mãos. Ele segura com força e tenta puxar para trás, mas parece que ele está prestes a ser puxado direto para a água. Eu corro atrás dele e seguro seus braços, puxando-o para trás, e mais para trás e mais de novo — até que nós dois caímos um em cima do outro. Nós nos olhamos, então voltamos o olhar para a linha. Estou quase esperando que esteja vazia, mas, em vez disso, na terra bem ao nosso lado está um belo de um peixe se contorcendo. As guelras sobem e descem, ele reluz sob o sol e pula e pula e pula na terra e na lama.

Sandy solta um grito de comemoração.

— Devíamos colocá-lo de volta — digo.

Sandy vira para mim.

— Quê? Por quê?

O peixe ainda está se agitando. Ainda está tentando puxar o ar da água, mas não há ar algum para ele, não aqui em cima. Eu sinto uma ardência em meus olhos.

— Nós temos que colocar ele de volta no rio.

Sandy anda até o peixe e o segura pela cauda.

— Tudo precisa morrer alguma hora, King — ele me diz. — E eu preciso comer. Você não precisa ficar aqui, se não quiser.

Eu não tenho mais nada a dizer. Sigo Sandy de volta para a cabana e desvio o olhar quando ele pega um cutelo na cozinha e corta a cabeça do peixe com um único golpe. Mesmo sem a cabeça, o peixe continua a se retorcer. Eu me sento no sofá com os joelhos recolhidos até o peito, o cheiro de sangue e entranhas preenche o ar. Eu penso no que Sandy disse. *Tudo precisa morrer alguma hora.*

— Eu costumava ir pescar sempre com o Mikey — Sandy diz. — Ele me ensinou como fisgar e arrumar a isca. Às vezes era o único jeito de termos algo para comer. Nosso pai não nos dava nenhuma comida ou dinheiro para fazer mercado quando ele ficava com raiva. Precisávamos nos virar sozinhos.

Aquelas palavras ecoam várias vezes. *Tudo precisa morrer alguma hora.*

Sandy está fazendo barulho com as panelas. Há o clique-clique-clique do fogão a gás, então o chiado do peixe. Ele me conta que sabe como cozinhar todos os tipos de peixe de todas as diferentes maneiras. Ele sabe até mesmo como pescar lagostins, mesmo que eles não sejam peixes, tecnicamente. Ele me diz que Mikey tentou lhe ensinar algumas receitas Cajun que sua mãe havia ensinado para ele antes de ir embora, abandonando os dois com o pai, porque ela não gostava de apanhar, mas parecia não se importar se seus filhos apanhavam também.

Ele diz isso tudo e mal estou escutando, porque consigo ouvir apenas aquelas palavras em minha cabeça, de novo e de novo, e antes que eu perceba, estou contando ao Sandy algo que eu nunca queria contar a ninguém.

— Meu irmão é uma libélula.

É o que eu falo para ele. Eu nunca quis contar isso. Mas as coisas acontecem assim com Sandy Sanders. Ele não estava nem sondando por um segredo. Ele poderia passar uma hora inteira falando consigo mesmo. E, sem que perceba, está se revelando para ele. Foi do mesmo jeito que eu contei a ele meu segredo na barraca.

E agora aqui estou, contando meu outro segredo.

O peixe continua a chiar. Sandy se vira para me olhar. Ele não diz nada. Não exige uma explicação ou declara que estou com um parafuso a menos. Ele apenas me observa e espera, como se estivesse esperando para ouvir esse segredo sua vida inteira. Ou como se ele já soubesse, e está apenas esperando que eu conclua.

— Ele se transformou em uma libélula — conto a ele. — Eu sei disso porque, quando estava no velório, ele veio e nos visitou e pousou no caixão. Eu sei que isso não parece ser grande coisa, mas mesmo assim eu *sabia*. Eu sabia que era ele.

Sandy desliga o fogão. Ele anda até mim, quieto, como se eu estivesse dormindo e ele não quisesse me acordar. Ele se senta ao meu lado no sofá, de frente para mim, os olhos em mim o tempo todo, e cruza as pernas.

— Eu continuo esperando que ele vai voltar para mim de novo, mas ele não voltou ainda. Eu vou até a água... sabe, onde você me viu naquele dia? Eu fui lá por causa do Khalid. Estava esperando por ele. Mas ele nunca vem.

Sandy não diz nada. Ele está me observando, me escutando como se nunca houvesse prestado tanta atenção no que alguém está falando.

— Às vezes ele vem até mim em meus sonhos — digo. — Mas eu nunca sei se é ele mesmo, ou se estou apenas sonhando com ele.

As lágrimas estão vindo, fazendo meus olhos arderem. Eu não quero chorar. Não aqui, não agora. Eu me levanto e me viro para o outro lado, olhando pela janela para que Sandy não veja meu rosto.

— Não sei por que estou te contando tudo isso agora.

Sandy continua quieto por um longo tempo. Até que, finalmente, ele pergunta:

— Quer comer comigo?

Eu olho para ele por cima do ombro, enxugando a bochecha com a palma da mão.

— Não terá nenhum tipo de tempero ou verduras ou nada assim.

Ele dá de ombros.

Eu aceito, e ele volta para o fogão e abre e fecha as portas do armário, procurando por pratos. Ele encontra apenas um prato rachado e uma colher, então nos sentamos juntos no sofá e tentamos cortar alguns pedaços, com cuidado para não cortar nossos dedos nos restos de escamas ou ossos. O peixe é borrachudo, e algumas partes não estão cozidas muito bem, mas ainda assim comemos bastante e, antes que eu me dê conta, estamos conversando do mesmo jeito que costumávamos conversar, na época em que éramos amigos e sentávamos juntos durante o intervalo ou caminhávamos juntos para casa depois do colégio.

— Às vezes ainda penso naquela história em quadrinhos que a gente fez — Sandy diz com a boa cheia e um sorriso largo. — Você já pensou alguma vez?

— Sim — digo — pensei em como era *ruim*.

Ele ri alto.

— Não era tão ruim!

— Era muito ruim!

Ele balança a cabeça.

— A gente podia ter trabalhado mais nela e feito várias cópias na biblioteca e vendido pelo colégio.

— Você está brincando, né? A gente teria que pagar as pessoas para elas comprarem.

Ele sacode a cabeça.

— Eu penso naquele quadrinho o tempo todo. Foi a melhor coisa que eu já fiz.

— Ei, pera aí, não foi só você que fez.

— Eu sei — ele diz com rapidez. — Mas talvez por isso que foi a melhor coisa. Foi divertido demais, tipo, trabalhar com você e Jasmine.

Ele fica quieto, mas só por uma fração de segundo.

— Você deveria pegar o quadrinho de volta da Jasmine e fazer cópias e vender.

Eu o observo, pegando pedaços do peixe com as mãos, puxando as minúsculas espinhas.

— Não sei se gosto da Jasmine — conto a ele. — Não desse jeito. Acho que gosto dela como amiga, mas não como namorada.

Sandy não olha para mim.

— Então por que você é o namorado dela?

Eu não sei responder essa pergunta.

— Não é justo se você estiver mentindo para ela — ele diz. — Isso não é nem um pouco justo com Jasmine.

Nós dois ficamos quietos, perdidos em nossos pensamentos, e é engraçado, porque eu tenho certeza de que os pensamentos de Sandy são os mesmos que os meus. A memória de nós dois juntos naquela barraca, rindo de alguma piada, não consigo nem lembrar qual, e então Sandy ficando todo sério e quieto, sem me olhar nos olhos, e começando a falar acelerado, como se sua vida dependesse disso, me contando que ele tem um segredo e eu não posso contar a ninguém, de jeito nenhum, promete? E sim, eu prometi, e quando ele me contou, suas palavras ficaram no ar por talvez um minuto, a minha voz presa na garganta.

Pergunto a Sandy:

— Como você soube que era gay?

Sandy encara o peixe. Do jeito que ele costuma comer, estou surpreso que o peixe não desapareceu dos ossos, mas ele está prestando atenção em seus dedos e na espinha do peixe como se estivesse tentando passar uma linha na agulha.

— Eu não sei — ele diz. — É só um sentimento, eu acho.

— Que tipo de sentimento?

Ele olha para o teto de metal e pensa com cuidado por um tempo.

— O tipo de sentimento que as pessoas sempre descrevem nos filmes, seriados de TV e livros. Quando você fica todo nervoso e animado ao mesmo tempo. Eu sinto isso por outros garotos, mas não por garotas, então eu sabia que era gay. Eu nunca tive essa sensação com garotas.

Sandy está me encarando, esperando que eu diga algo, mas não consigo pensar em nada para dizer. Eu sei que é a mesma sensação que eu tenho. Eu sei que é do mesmo jeito porque é exatamente assim como me sinto em relação ao Sandy de vez em quando, ficando todo nervoso e animado ao mesmo tempo, mas o tipo de nervoso e animado que me causa uma onda de felicidade também. Pensar em dizer isso em voz alta faz meu estômago revirar.

Limpamos o prato e a colher e Sandy joga o resto do peixe e suas entranhas de volta no rio, como pedi que ele fizesse antes. Nós ficamos ali, em pé, com o sol se pondo e o azul do céu escurecendo, o roxo despontando à distância. Sandy r.e diz que ele está feliz por meu irmão ser uma libélula.

— Ninguém nunca se vai de verdade — ele diz. — É nisso que eu acredito.

12

Dias e dias e dias passam, até que todos eles começam a ser um borrão, e eu acho que meu irmão tinha razão — tudo está acontecendo ao mesmo tempo, e o tempo não existe. Eu vou para o colégio e, assim que o sinal tocar, andarei até o bayou, como sempre — mas, em vez de esperar por Khalid, irei direto para aquela cabana e passarei a tarde com o Sandy. Eu levo para ele o que sobrou na geladeira: potes de arroz frito e rolinho primavera de dois dias atrás, pão de forma e pasta de amendoim e geleia, e até uma pizza inteira que meu pai pediu e nunca comeu, só colocou na bancada e foi para a cama sem nem abrir a caixa. Sandy continua pescando e coletando frutinhas, e até armou uma armadilha para um coelho, que ele captura e tira a pele e cozinha como se não fosse nada.

De uma hora para outra, é como se todas as brigas que tivemos nunca aconteceram. Foram apenas algo que eu inventei ou um sonho ruim. Estamos de volta à amizade que costumávamos ter, antes de eu dizer a Sandy que não poderia mais falar com ele. Conversamos por horas. Discutimos sobre anime e trocamos ideias para histórias em quadrinhos. Sandy encontra uma gaita debaixo do sofá e começa a tocar uma barulheira enquanto eu batuco nas panelas e temos a nossa própria banda. Apostamos corrida pelo bayou, Sandy vence toda vez, porque o garoto corre como se um jacaré estivesse em seu encalço. Pulamos no rio e nadamos e tentamos pegar um bagre com as mãos, até que nos lembramos que esses bichos podem dar choque, o que nos faz sair em disparada para fora da água de novo.

Sandy me segue até o outro lado do pântano, na área onde as libélulas moram. Ele não diz uma palavra. Só me deixa ficar de pé ali, observando as libélulas voarem com suas asas transparentes. Ele me deixa esperar e ver se Khalid virá até mim. Ele não diz nada quando eu sinto que estou ficando quente, nem mesmo quando as lágrimas surgem de novo.

Eu me pergunto se Khalid está bravo. Bravo porque eu não o procuro mais com tanta frequência. Bravo porque estou agindo do jeito que minha mãe e meu pai querem que eu aja: como se eu estivesse seguindo em frente. Como se eu não fosse mais tomado por tristeza toda vez que respiro. Encontrei o meu novo normal, e esse novo normal é Sandy.

Na manhã de sábado, acordo antes da minha mãe e do meu pai. Meu plano é ir direto até Sandy e levar Lucky Charms e metade de um resto de hambúrguer da noite passada para ele, mas quando estou fechando o zíper da minha mochila, uma porta range no corredor e minha mãe aparece vestindo um roupão. Seus olhos estão fechados quando ela boceja, então eu enfio o hambúrguer de volta na geladeira e tento esconder a mochila embaixo da mesa da cozinha, mas é tarde demais — ela franze a testa ao vê-la em minhas mãos.

— Você está indo pra *onde*? — ela pergunta. — Ainda não são nem sete da manhã.

Eu demoro um pouco demais para responder.

— Eu queria ir à biblioteca — digo a ela.

Ela estreita os olhos para mim. O problema em mentir para minha mãe é que ela sempre sabe que estou mentindo, então nunca faz muito sentido tentar.

— Por que você iria à biblioteca? — ela pergunta.

— Dever de casa? — digo, estremecendo por dentro com o tom de pergunta em minha voz.

— Acho que não — ela me diz. — Você pode fazer o seu dever de casa aqui, no conforto da sua própria casa.

Ela entra na cozinha e coloca a água do chá no bule.

— Você não tem passado muito tempo aqui, King. Você está sempre por aí em algum lugar depois da escola.

— Eu te falei, estou trabalhando em um novo quadrinho com a Jasmine — digo a ela, mas como eu disse, minha mãe sempre sabe quando estou mentindo.

A porta no fim do corredor se abre de novo e ouço meu pai abrir a torneira no banheiro. Ele vai até a cozinha com um grunhido, seu jeito de sempre de dizer bom dia, e nós três seguimos em frente com nossa manhã de sábado, como temos feito pelos últimos meses desde a morte de Khalid. O assustador é que eu não tenho certeza se consigo me lembrar como eram nossos sábados antes. Khalid ainda estaria dormindo? Sim, ele ainda estaria em nosso quarto, e eu sairia correndo para chegar à TV antes dele acordar e tomar posse dela, e nossa mãe faria o café da manhã, e Khalid iria se arrumar para o treino de futebol do verão enquanto nosso pai se sentaria à mesa da cozinha, lendo o jornal, antes de ir para fora cortar a grama e tirar as ervas daninhas. O modo como vivíamos os sábados era como se pensássemos que viveríamos assim para sempre. Nós nunca, nem por um segundo sequer, pensamos que tudo poderia mudar na fração de segundo que leva para um coração parar de bater.

O maior problema com minha mentira é que agora minha mãe espera que eu faça meu dever de casa na manhã de sábado. Eu me sento à mesa, tentando bisbilhotar a TV na sala de estar passando meus animes favoritos de manhã cedo, tentando não me preocupar muito com Sandy. Ele pode sobreviver por conta própria naquela cabana. Ele já caçou e pescou e encontrou frutinhas quando não quis esperar que eu levasse comida para ele, e assim que minha mãe virar as costas, eu vou pegar o hambúrguer, o cereal e a mochila e sair correndo pela porta da frente.

Estou tão concentrado em pensar como vou sair daqui que eu nem percebo as portas do armário abrindo e fechando, a porta da geladeira batendo. Os barulhos começam a se unir e eu ergo o olhar quando uma panela faz barulho sobre o fogão.

Estou acostumado a ver minha mãe daquele lado, então dou uma segunda olhada tão rápido que torço o pescoço quando vejo meu pai em pé ali. Ele tira uma caixa de leite e um punhado de ovos. Ele pega uma tigela grande e uma caixa de mistura de panqueca. Minha mãe o observa, mas ela não parece tão surpresa quanto eu. Aposto que minha mãe esperou e esperou, sabendo que meu pai, em algum momento, teria que cozinhar algo se ele quisesse comer.

Ela se senta ao meu lado na mesa.

— Você precisa de ajuda, King?

Eu balanço a cabeça. Sei que é rude encarar, mas ainda não consigo desviar o olhar. Meu pai quebra os ovos, despeja o leite e a mistura de panqueca. Eu nem fazia ideia de que meu pai sabia acender o fogão.

Pouco tempo depois, há um prato cheio de panquecas na mesa da cozinha, bem ao lado de uma jarra de xarope de bordo. Meu pai pega alguns pratos para nós, então puxa uma cadeira para si e come sem dizer uma palavra. Minha mãe corta suas panquecas em quadradinhos perfeitos e leva um pedaço à boca, mastigando cuidadosamente por um minuto, mas não diz nada sobre a comida do meu pai, exceto que está deliciosa, e eu concordo, não é? Eu assinto rápido enquanto encho a boca, então peço para repetir.

— Kingston — minha mãe começa, e eu sei que quando ela usa meu nome inteiro, é algo sério, seja lá o que ela está prestes a dizer. Eu mastigo um pouco mais devagar. — Nós queríamos falar com você — ela diz — sobre o Mardi Gras.

Sinto um nó endurecer na garganta. Na última vez em que minha mãe mencionou Mardi Gras para mim, eu não conseguia falar — só comecei a chorar. Fico quieto por um tempo, como se houvesse um cachorro raivoso na minha frente e eu estivesse com medo de me mexer ou ele me morderia — e minha mãe e meu pai me observam com a mesma quietude, todos nós esperando com a respiração presa na garganta.

Até que o momento passa.

Eu não começo a chorar.

Será que Khalid ficaria com raiva de mim porque agora eu não choro toda vez que penso nele?

— É daqui a poucas semanas — minha mãe diz. — Precisamos avisar tia Idris que vamos.

A parte que me deixa com raiva não é que minha mãe está decidindo por conta própria se vamos ou não. Estou com raiva de mim mesmo por querer ir de verdade. Eu sempre gostei do Mardi Gras. Amava o desfile, as alegorias, as fantasias, a música. É como ser tragado para um mundo completamente diferente, um mundo com fantasmas e anjos e monstros, e eu me perco nele.

Sempre gostei do Mardi Gras. Mas não posso ir. Eu sei que não posso ir para Nova Orleans, como se Khalid nunca tivesse vivido, como se ele nunca houvesse existido.

Eu me levanto da mesa sem pedir licença e ignoro minha mãe quando ela chama meu nome. Ando pelo corredor, entro no quarto que dividia com Khalid, e deslizo a mão debaixo do colchão em busca do diário. Abro a janela e me esgueiro para fora, apoio os pés no chão, e faço meu caminho pelo matagal de grama e flores silvestres até a barraca.

Eu fico sentado ali por não sei quanto tempo. Apenas fico sentado ali, folheando as páginas do diário.

O céu é roxo, King.

O oceano está em chamas.

Cavalgamos nas costas de formigas.

Nadamos pelas nuvens.

Eu fico ali sentado, lendo as páginas do diário, por horas, talvez — porque quando me dou conta, estou acordando na barraca, o calor me cobrindo como uma manta, e o céu está em um tom vermelho vivo como fogo. Eu sonhei com Khalid de novo. Dessa vez, eu sei que não estava apenas sonhando com ele. Eu sei que ele veio me visitar. Eu sei disso porque o vi em pé do outro lado da rua, me observando, e então ele caminhou até mim e segurou minha mão, e então só me lembro de estarmos caminhando no fundo do assoalho marinho, que também é onde nossa cidade estava, bagres nadando ao nosso redor, o musgo de carvalhos balançando como algas marinhas, flores de árvores de magnólia flutuando em bolhas ao nosso lado. Khalid não disse uma palavra — apenas colocou a mão em meus cachos e, quando pisquei, estávamos em pé nas nuvens, grandes e absorvendo a luz do mundo, as cores brilhando ao nosso redor como um caleidoscópio, e quando olhei para cima, vi nossa cidade de novo, pendurada de cabeça para baixo muito acima de nós, tão longe que estava desaparecendo, virando apenas um pontinho, e o azul do céu nos envolveu, tornando-se nada além de luz, luz, luz.

Eu pisco até afugentar o sono, tentando me lembrar do sonho, capturá-lo por inteiro antes que escape — antes de eu perceber o que me acordou. Uma sensação de cócegas na minha mão. Uma pequena libélula. Verde, com asas como diamantes.

Ela se vai em um instante. Eu tento capturá-la com meus olhos, observá-la voar para longe, mas ela desaparece tão rápido que não consigo dizer se eu ainda estava dormindo — se aquela libélula era nada mais do que um sonho.

O sol quase terminou seu caminho para sumir do céu na hora em que chego ao bayou. Eu vou correndo e respingando pela lama e pela água, passando pelas libélulas — animado para contar tudo ao Sandy, sobre o sonho e a libélula, que Khalid voltou para mim, mesmo que tenha sido apenas por uma fração de tempo. Chego à cabana e abro a porta com um empurrão, esperando ver Sandy na cozinha, preparando alguma coisa que ele capturou, mas o fogão está desligado e a panela está vazia sobre a bancada. Eu saio correndo e vou até a parte de trás, mas ele não está sentado na beira do rio, esperando pacientemente que um peixe morda o fim da linha de pesca.

Eu franzo a testa e me viro para os arbustos.

— Sandy! — eu chamo.

Talvez ele se foi mais uma vez para se esconder. Talvez ele esteja fazendo brincadeiras.

— Sandy! — chamo de novo.

Mas não há sombras no escuro. Nenhuma voz chamando meu nome de volta. Eu fico em pé ali, olhando para as árvores, como se esperasse que elas me dessem uma resposta às minhas questões. Não há nada além do silêncio e o farfalhar da brisa do fim de tarde. Até mesmo as cigarras estão quietas essa noite.

Repentinamente, a cabana não parece mais o lugar onde escapei do mundo com Sandy durante uma semana inteira. Parece uma tempestade de trovões, nuvens cinzas ondulando pelo céu. Eu me viro e corro, gritando o nome de Sandy para cima e para baixo no bayou, mas ele não responde.

Eu não paro. Eu corro o caminho inteiro de volta para casa, corro com tanta força que meu coração tenta martelar para fora do meu peito, e uma câimbra na lateral do corpo me tira o ar. Eu abro a porta da frente arfando.

Minha mãe me vê da sala de estar.

— King? — ela diz. — King, o que foi?

Ela me leva até o sofá. Meu pai vem correndo em seguida. Eu nunca vi meu pai correr tão rápido ou com tanta força antes, exceto na manhã do velório, com minha mãe afundando para o chão. Seus olhos estão arregalados, olhando ao redor em busca do perigo, mas sou apenas eu, chorando no sofá enquanto minha mãe me entrega um copo de água. Eu recuso, tentando engolir o ar para conseguir formar as palavras.

— Sandy — digo, mas as palavras ficam presas na garganta e eu não consigo expelir nenhuma delas, não sobre o bayou e que ele estava se escondendo na cabana, e estou com medo de que aconteceu alguma coisa com ele, com mais medo do que na primeira vez em que Sandy Sanders desapareceu — mas antes que eu possa falar, minha mãe balança a cabeça, olhando para mim.

— Sandy? Ele está bem — ela diz. — Eles o encontraram.

Minha boca fica travada. Minhas mãos tremem quando pego o copo de água dela.

— Eles o encontraram?

Ela segura minha mão, a que está segurando o copo, e a levanta.

— Beba um pouco de água.

— O que aconteceu? — pergunto.

Ela não se repete. Ela pega o copo de volta da minha mão e o inclina na minha boca como se eu fosse um bebê. Eu o empurro e viro a cabeça. Ainda não consigo respirar, mas dessa vez acho que não é porque acabei de correr por quase dois quilômetros.

— Onde ele está?

Minha mãe coloca o copo sobre a mesa, um único ruído do vidro para soletrar sua irritação, caso eu não conseguisse perceber pelo modo que ela me olha agora.

— O que está acontecendo, King?

— Para onde foi o Sandy? — pergunto, e pergunto de novo e de novo, até que fique claro que eu não vou parar até ter minha resposta.

Finalmente, meu pai me conta. Ele conta que Sandy foi levado de volta para seu pai.

Eu me levanto do sofá em um pulo como se planejasse correr de novo, correr bem pelo meio da cidade e ir direto até a casa de Sandy.

— Ele não pode ficar lá!

Ambos me dão um olhar — o tipo de olhar que me deixa saber que estão surpresos por eu ter uma voz, pelo modo que estou falando, porque de acordo com minha mãe e meu pai, nenhuma criança deveria gritar com seus pais.

Minha mãe me diz para me acalmar.

— Vocês acham que sabem de tudo, só porque são adultos! Vocês não sabem *nada* sobre o Sandy.

— Eu não sei o que está acontecendo com você — minha mãe diz —, mas você precisa abaixar o tom da sua voz quando estiver falando conosco.

— Tá vendo? — digo. — Vocês nunca escutam! O pai de Sandy, ele...

Minha mãe se levanta.

— Vá para o seu quarto. Agora.

Eu saio correndo até o meu quarto. Eu planejo sair pulando da janela e correr até a casa de Sandy o mais rápido que eu puder, mas antes que eu possa sequer chegar à cama, a porta se abre atrás de mim.

— Você está de castigo — minha mãe me diz. — Você não vai sair desse quarto de novo a não ser para ir ao colégio. Está me ouvindo?

— *Você* está *me* ouvindo? — eu grito. — O pai do Sandy *bate* nele!

Minhas palavras ecoam pelo ar, mas ainda assim, não tenho certeza se minha mãe as ouviu. Ela fica parada em pé, quieta como se fosse feita de pedra. Até que, finalmente, ela diz:

— Como você sabe disso?

— Sandy me contou.

— Ele provavelmente estava mentindo — minha mãe diz, franzindo a testa. — Ele é problemático, King. Ele fugiu de casa e...

— Ele não estava *mentindo*. Ele tem hematomas.

— Hematomas podem ser por causa de qualquer coisa. Um garoto Sanders? Ele provavelmente está se metendo em brigas, como o irmão.

Eu quero gritar com tanta frustração se acumulando dentro de mim.

— Sandy nunca mais se meteu em brigas!

Minha mãe aperta os lábios formando uma linha.

— Não podemos fazer nada sem provas.

— Então vamos apenas deixar que ele volte para o pai? Não vamos fazer nada?

— O xerife Sanders é o *pai* do Charles. Não podemos simplesmente acusá-lo de nada sem provas. Nós nem sabemos se isso é verdade. Ele provavelmente estava mentindo para você, King.

Estou com raiva. Com mais raiva do que nunca. Com tanta raiva que começo a chorar e não consigo parar. Nem mesmo quando meu pai entra no quarto e fica parado na soleira, me observando. Nem mesmo quando minha mãe tenta me envolver em um abraço, me aquietar, me acalmar. Eu choro tanto que parece que estou sendo partido ao meio. Não é só o Sandy. É aquela libélula. É o sonho. É Khalid. Sempre, sempre, sempre Khalid.

Eu grito para que eles me deixem sozinho, então minha mãe vai embora, mas meu pai fica onde está na entrada do quarto. Ele não desvia o olhar.

— Sabe — ele me diz com a voz pesada, tão pesada e embargada que meus olhos encontram os dele. — Sabe, não tem problema chorar.

Aquelas palavras saem da boca dele e me afogam.

— Eu sei — ele começa, então limpa a garganta. — Eu sei o que disse. Garotos não choram. Homens não choram.

Ele limpa a garganta de novo, e só então eu percebo que seus olhos estão molhados. Ele engole saliva e acena com a cabeça, apesar de eu não saber para o que ou para quem ele está acenando. Ele respira fundo.

— Esqueça tudo isso. Chore sempre que precisar, tá bom?

Ele não espera por uma resposta. Ele se vira e me deixa sozinho no quarto.

E é isso que eu faço.

Eu choro até cair no sono e, mesmo assim, estou chorando nos meus sonhos. Estou em pé na beira da estrada, olhando para o outro lado, esperando que Khalid venha — mas ele não vem até mim, não essa noite. Nem mesmo o esvoaçar das asas de uma libélula.

13

Durante três dias seguidos, ninguém fala de mais nada: Sandy Sanders foi encontrado. Ele havia fugido de casa. Ele estava se escondendo no bayou, na cabana de lagostins do Velho Martin, e Martin se deparou com uma surpresa desagradável em um começo de tarde quando encontrou aquele menino Sanders dormindo em sua cama. É o único assunto que as pessoas comentam e isso está me fazendo querer subir pelas paredes, porque o único assunto que as pessoas deveriam estar comentando é por que Sandy Sanders fugiu de casa, afinal.

Jasmine senta comigo no banco do lado de fora, longe da mesa de Camille, então ficamos apenas nós dois. Essa é outra coisa que temos de fazer, agora que somos namorados: temos que passar tempo juntos, sem mais ninguém, mas também precisamos passar tempo juntos e sem mais ninguém na frente de outras pessoas. Temos que andar de mãos dadas e nos sentarmos mais perto do que normalmente ficaríamos. Eu tento observar Jasmine às vezes. Tento descobrir se ela realmente não se incomoda com nada disso — segurar minha mão suada, sentar tão perto que nossos ombros se tocam, o que faz com que esses dias quentes demais fiquem ainda mais calorentos — mas ela sempre tem um sorriso no rosto. Como se isso fosse mesmo tudo o que ela sempre quis.

— Estou com tanta raiva dele — ela me diz. — Sandy poderia ter pensado em um jeito de nos contar a verdade. Ele poderia ter passado em alguma de nossas casas a caminho do pântano. Ele poderia ter ficado com um de nós em vez de se esconder lá longe. E se alguma coisa tivesse acontecido com ele?

Eu ainda não consigo contar a verdade. Se eu contasse, ela não só pararia de segurar minha mão, mas tenho certeza de que ela pararia de ser minha amiga de vez. Pior ainda, uma parte minúscula de mim quer contar a verdade a ela, só para que eu não precise mais ser seu namorado.

— Talvez ele não quisesse nos meter em encrenca também — digo a ela, mas não acho que Jasmine está escutando.

Ela mal está olhando para mim. Darrell começou a fazer barulhos de beijos para nós, e só para quando Camille dá um tapa em seu braço com tanta força que ele solta um grito. Jasmine abaixa a cabeça, como se estivesse envergonhada, mas posso ver que ela está sorrindo também.

— Ele é tão imaturo — ela me diz.

Eu já fui imaturo para ela também. Vai saber? Talvez Jasmine ainda pense que eu sou imaturo, mas ela não tocou mais no assunto, agora que é minha namorada.

Depois do colégio, quando o último sinal toca, eu me esgueiro para longe antes que Jasmine possa me parar para beijar minha bochecha, como ela tem feito todo final de dia, na frente de todo mundo para que eles possam fazer os seus barulhos de *uuuuuuh*. Eu fico em pé na esquina da estrada. A estrada que me levaria rumo ao bayou. Até as libélulas.

E pela primeira vez em meses, eu me viro para o outro lado da estrada. Tento mandar uma breve oração ao Khalid. *Sinto muito.* Isso é tudo o que consigo pensar em dizer, de novo e de novo, enquanto caminho para longe, continuo andando sob o sol quente, chutando a poeira da estrada de terra. *Sinto muito. Prometo que não te esqueci. Prometo que ainda sinto sua falta. Sinto muito.*

O bairro pelo qual caminho tem uma fileira de casas que se parecem umas com as outras, com carros que reluzem e brilham. É difícil imaginar que Sandy é pobre, morando em um bairro como esse, mas acho que nunca podemos saber qual é a verdade, quando alguém quer guardar segredo. Eu paro do outro lado da rua da casa dos Sanders. É maior do que a minha, pintada de um tom de branco que foi desbotado pelo sol, com um grande jardim cheio de ervas-daninhas e pedras. Eu fico em pé ali, do outro lado da rua e debaixo de uma árvore, encarando a casa, esperando algo acontecer — uma porta se abrir, uma voz gritar. Eu fico em pé ali pelo que poderiam ser horas. Meus pés ficam doloridos e meus olhos começam a arder de fazer nada a não ser encarar. Eu fico em pé ali até o céu começar a mudar de cor, os tons irem se transformando como em um caleidoscópio.

O céu é roxo, King.

A porta do outro lado da rua se abre, e Mikey Sanders dá um passo para fora com um saco preto e brilhante de lixo nas mãos.

Ele anda até o meio-fio, levanta a tampa de metal da lixeira e enfia o saco de lixo lá dentro. Eu devo estar muito animado por ver algo acontecer depois de todas aquelas horas, porque eu esqueço completamente que deveria estar me escondendo. Eu dou um passo para fora da sombra da árvore, olhando de Mikey para a porta aberta. Ele me vê. Eu o vejo me ver. Eu me viro e corro.

Mikey está na minha frente antes que eu sequer possa dar outro passo, um grande rochedo contra o qual eu quase colido.

— Fique longe daqui — ele me diz. — Tá me ouvindo? Fique longe daqui, Kingston James.

Eu não me demoro ali para ouvir o que mais Mikey Sanders tem a dizer. Eu desvio dele e corro disparado o caminho inteiro até em casa.

Preciso de muita coragem para fazer a mesma coisa no dia seguinte. Apenas fico em pé ali, esperando sob aquela árvore, me escondendo mais nas sombras para que Mikey não me veja. Não, eu não cometerei o mesmo erro duas vezes. Eu tento ver se consigo enxergar um vislumbre que seja do Sandy. Nada. Nem naquele dia, nem no dia seguinte.

É na terceira noite que eu finalmente me canso de esperar. Não vi sinal algum do Sandy há dias, e ninguém sabe se ele está bem. Ninguém está sequer pensando em perguntar. Eles todos presumem que ele está bem e seguro porque está em casa com seu pai, mas Sandy estava mais seguro morando no bayou. E ninguém sabe disso além de mim.

Eu sou um covarde, mas preciso ser corajoso agora. Se somos amigos de verdade, então preciso ajudá-lo — mesmo que eu esteja assustado, mais assustado do que eu jamais estive antes. Eu respiro fundo e deixo a sombra daquela árvore de magnólia e atravesso a rua, pisando nas rachaduras no asfalto. Eu piso forte nos degraus de concreto e, antes que eu me dê conta, minha mão está batendo na porta de madeira lascada.

Ela se abre de uma vez. Eu me sobressalto e tropeço para trás. O xerife Sanders está em pé na minha frente, como se soubesse que eu estava debaixo daquela árvore de magnólia do outro lado da rua e estava esperando que eu viesse bater à sua porta. Eu tento dar uma espiada no lado de dentro, ao redor de suas pernas, mas está claro demais do lado de fora — o interior da casa está em penumbras, e assim que tento bisbilhotar por detrás do xerife Sanders para dar uma olhada melhor, ele fecha a porta atrás de si para que eu não consiga enxergar nada.

O xerife Sanders me olha de cima a baixo. Ele sabe quem eu sou. Ele já me viu com seu filho antes. Quando eu andava com o Sandy até em casa algumas vezes, o xerife Sanders ficava em pé exatamente onde está agora e me dava um olhar tão malévolo por estar aqui e falar com Sandy que eu não tinha muito o que fazer a não ser ir embora, pensando em todos os jeitos que ouvi dizer que o xerife Sanders odeia pessoas que se parecem comigo.

O xerife está me dando esse mesmo olhar agora. Ele abre um bom sorriso de hospitalidade, do jeito que se deve sorrir para qualquer um em nossa cidadezinha, não importa quem seja, mas posso ver a verdade. O xerife Sanders me odeia. Eu não sei se é porque sou amigo do seu filho ou por causa da cor da minha pele. Talvez seja ambos.

— Kingston, não é? — ele me pergunta.

Eu reconheço sua voz do grupo de busca naquele dia, quando ele pediu a todo mundo em nossa cidade que ajudasse a procurar por seu filho. É o mesmo tom grave e austero.

— Me chamam de King — digo a ele sem pensar muito nisso.

Minhas palmas estão suadas e o nervosismo está correndo em minhas veias.

— King — ele se corrige. — O que posso fazer por você?

Eu sei o que quero dizer. *Deixe-me ver Sandy. Deixe-me falar com ele. Eu preciso ter certeza de que ele está bem.* Mas as palavras não saem da minha boca. Não consigo desviar o olhar do rosto avermelhado e queimado do xerife enquanto ele me encara ameaçador, esperando que eu encontre a coragem para falar.

— Você é um abusado — ele me diz.

Ele ainda está me dando aquele bom e velho sorriso de hospitalidade, o que faz sua voz ser ainda mais assustadora do que era antes. Faz o medo espalhar-se em minha pele e me causa um calafrio, mesmo nesse calor.

— Você é um abusado, King, vindo até aqui e batendo na minha porta.

Eu acho que posso ter perdido completamente a minha voz. Isso explicaria por que, mesmo quando penso em falar, minha garganta começa a se fechar em si mesma.

— Vou te dizer o seguinte — ele diz. — Vá embora agora e prometa que você não voltará mais aqui — ele me diz — e eu não o prenderei e o mandarei à corte juvenil por ajudar um fugitivo menor de idade.

O medo preenche meus pulmões.

— Ah, sim — o xerife diz. — Eu sei tudo sobre a sua brincadeirinha no bayou. Charles me contou tudo.

— Sandy me contou umas coisas também — digo, e não sei de onde vem essa bravura, essa coragem. — Ele me contou como você bateu...

Eu mal termino a frase. O xerife Sanders dá um passo largo em minha direção e eu dou um passo para trás, quase caindo pelos degraus de concreto.

— Cuidado com o que diz — o xerife diz, seus olhos mais frios do que qualquer coisa que nossa cidadezinha já tenha visto antes.

Isso cala qualquer palavra que pode ter sobrado na minha garganta, faz com que elas morram ali mesmo — pisa e esmaga a coragem que eu estava criando dentro de mim.

O xerife, satisfeito, espreme os olhos em direção ao céu azul.

— É bom você ir embora agora — ele me diz. — Seus pais vão estar esperando para saber onde você esteve.

Isso é tudo o que ele diz. Ele me deixa em pé nos degraus de concreto e fecha a porta atrás de si. Algo sobre o modo como ele me disse para voltar para casa parece uma ameaça. Se ele sabe o que aconteceu — sabe que eu ajudei Sandy — então não há nada que o impeça de contar a meu pai e minha mãe.

Eu vejo uma sombra na janela. As cortinas se movem. Mas pode muito bem ter sido um fantasma, porque no segundo seguinte, seja lá quem estava ali, desaparece.

Minha mãe e meu pai estão esperando por mim quando volto para casa. Não há nada de muito diferente com o jeito que eles estão sentados à mesa da cozinha, ou o jeito como eles olham para mim quando entro e fecho a porta. Mas sei que eles estão esperando por mim mesmo assim. Nenhum dos dois fala quando entro na sala de estar, ou quando paro na frente deles, largando a mochila no chão.

Meu pai é o primeiro a falar.

— Recebi uma ligação hoje.

Isso é tudo o que ele diz, mas é tudo o que ele precisa dizer. Eu sei exatamente quem ligou para ele. Eu sei exatamente o que aquela pessoa disse. O xerife Sanders, como agora sei, não é o tipo que faz ameaças vazias.

— É verdade? — minha mãe pergunta. — Esse tempo todo, você sabia onde ele estava? Você estava ajudando ele a se esconder?

Eu nunca imaginei que pudesse sentir tanta vergonha. Ela se agarra em mim e se movimenta através dos poros na minha pele.

Meu pai não olha para mim. Ele limpa a garganta.

— O xerife Sanders — ele diz — nos contou que — ele limpa a garganta de novo. Ele nem consegue terminar.

Nos contou o quê? Eu quero perguntar, mas mal consigo respirar, muito menos falar.

Minha mãe tenta. Ela abre a boca, sacudindo a cabeça, como se ela própria não acreditasse. Quando as palavras saem de sua boca, por dez segundos inteiros, minha visão fica turva e a escuridão avança nas laterais dos meus olhos e eu estremeço.

— É verdade que você é gay, King?

Eles ficam sentados ali, me esperando falar. Eu sei que eles não dirão mais uma palavra até que eu dê a eles a resposta que precisam.

— Não — digo com a voz rouca.

É uma palavra frágil. Ela sai com tanta suavidade que eu não acreditaria se me ouvisse falar. Tento fazer a palavra sair de novo, vinda das minhas entranhas, com mais força e em um tom mais alto, como um muro contra qualquer desconfiança que eles possam ter. *Não. Não, não, não.* Mas não consigo me obrigar a dizê-la mais uma vez.

Nem minha mãe, nem meu pai se mexem. Eles sequer piscam. O rosto da minha mãe parece coberto por uma máscara trêmula que a está impedindo de chorar. O rosto do meu pai é ainda pior. É tão neutro e vazio que não consigo saber o que ele está pensando ou sentindo. Isso é o pior de tudo.

— O xerife, ele... — Minha mãe se apruma no assento, apertando as mãos uma na outra com força. — Ele diz que o Sandy é gay e que teve essa ideia de ser gay por estar perto de você, por causa de você.

— Ele está mentindo — digo, minha voz tão baixa que nem tenho certeza de que estou falando.

Mas eu vejo nas expressões deles. Eles acreditam no xerife Sanders. Eles acreditam nele, porque talvez eles estivessem se perguntando a mesma coisa sobre mim. As mesmas questões que estive fazendo a mim mesmo. Poderia ser engraçado, talvez, o jeito pelo qual estamos todos nos perguntando e pensando as mesmas coisas, mas ninguém nunca diz uma palavra sobre o assunto.

Eu já estou chorando. Não consigo controlar as lágrimas agora. E mesmo que meu pai tenha dito que não tem problema chorar, eu não acho que ele quer me ver chorando agora.

Quando eu saio correndo da cozinha, nem minha mãe nem meu pai me chamam. Nenhum deles vem atrás de mim também, quando eu me arrasto até a barraca e fecho o zíper da entrada. Está mais frio dentro da barraca essa noite. Quase tão frio que eu começo a tremer. De onde está vindo todo esse ar frio? Ou está vindo de mim? Eu me enrolo no saco de dormir e fecho os olhos.

"Khalid." Digo seu nome — digo porque espero que, se ele me ouvir, ele virá até mim em meus sonhos essa noite. Faz algum tempo que ele não vem. Não aparece mais na beira da estrada, para me observar e segurar minha mão. Não há mais libélulas voando pelo céu. Ele está bravo — ele deve estar bravo, do jeito que andei me esquecendo dele, do jeito que eu não tenho mais ido ao bayou procurar por ele, do jeito que eu não tenho feito nada além de pensar no Sandy.

Eu durmo e eu sonho, e eu sei que estou sonhando, em pé no acostamento e esperando, esperando. "Khalid." Digo seu nome sem nenhum som sair da minha boca.

Quando ele aparece ao meu lado, está com aquele sorriso torto no rosto. Sentamos no topo da água plana como vidro. Nada além de água por quilômetros e quilômetros e quilômetros, fazendo ondas apenas quando enfio um único dedo nela.

— Khalid — digo — por que você escolheu ser uma libélula? Por que não algo legal, como um leão, uma onça ou um lobo?

Ele solta uma risada e eu automaticamente me encolho, pensando que aquele brilho malicioso em seus olhos significa que ele vai me dar um tapa na cabeça. Mas ele apenas apoia a mão no topo dos meus cachos.

— Quem disse que eu sou uma libélula, King?

Eu franzo a testa quando ele recolhe a mão. Ele mergulha a mão na água, como se estivesse em busca de algo, mas não sei o quê.

— Quem disse que eu sou uma libélula? — ele diz mais uma vez.

14

Eu vou sozinho para o colégio, andando pela estrada de terra antes que o sol sequer comece a acordar. Não consigo olhar para a cara do meu pai. Não quero ver o que temo que estará estampado nela: decepção. Raiva. A mesma expressão neutra que ele me deu no dia anterior. Quanto mais eu penso nisso, mais eu percebo que a expressão neutra pode não estar escondendo as emoções verdadeiras do meu pai, mas pode ser o que ele está sentindo de fato por mim: nada, porque se eu sou gay, não posso ser filho dele. Não mais.

Eu não me sento no banco de Camille. Em vez disso, vou até a biblioteca, e me sento onde eu normalmente estaria com Sandy e Jasmine, como se eu esperasse que Sandy fosse aparecer do nada — mas ele não aparece. A biblioteca lentamente se enche de risadas e gritos, e eu apenas fico sentado ali, escondendo a cabeça nos braços como se estivesse tentando dormir, mesmo que eu saiba que o sono não virá.

Eu mal percebo quando Breanna se senta ao meu lado. Ela é tão alta que às vezes precisa abaixar a cabeça só para atravessar a soleira de uma porta, mas ela é tão quieta que se tivesse um superpoder, seria a invisibilidade. Só quando ela me dá bom dia que eu noto que ela está ao meu lado. Eu quase saio para fora do meu próprio corpo com o susto. Ela deve achar que eu estou esquisito, porque ela ri.

— É verdade? — ela me pergunta.

Essa não é uma boa pergunta para se fazer a alguém. Pode ser qualquer coisa o que ela está prestes a dizer: *É verdade que você é gay? É verdade que você ajudou o Sandy a se esconder? É verdade mesmo que você pensa que o seu irmão é uma libélula?*

— O que é verdade? — digo, com medo do que está prestes a sair de sua boca.

Ela continua sorrindo.

— Você ajudou o Darrell a... você sabe — ela diz.

Eu levo três longos segundos para entender do que ela está falando — mas então o assunto se encaixa e eu percebo: Darrell deve ter pedido Breanna em namoro.

— Obrigada — ela diz. — A maioria das pessoas teria apenas rido de mim por ter uma quedinha por ele.

Eu dou de ombros. Não é gentil da minha parte, mas mal estou escutando Breanna, tenho tantos pensamentos rodopiando na cabeça. Eles devem estar vazando dos meus ouvidos, todos aqueles pensamentos e questões e medos.

— Devemos ser quem somos e gostar de quem gostamos, não importa quem vai rir.

Ela assente como se concordasse completamente. Ela ainda está sorrindo, ainda me observando, o que me faz pensar que ela tem algo mais a dizer. Eu espero, um pouco impaciente pra ser sincero, porque eu não quero ficar perto de ninguém agora.

Mas então ela pergunta:

— Como está o Sandy?

Breanna ainda está sorrindo, e dentre todas as pessoas em nosso colégio e na nossa cidade, dentre todas as pessoas com as quais eu nunca disse uma palavra sobre tudo o que estou pensando e sentindo, é tão claro quanto o céu no dia mais brilhante de todos: Breanna sabe. Ela deve saber de tudo do jeito que está sorrindo para mim.

— Como é que vou saber? — reajo exaltado, e ela se retrai, mas só um pouco.

— Você é o único amigo dele, não é? — ela diz. — Você está sempre andando com ele.

— Eu costumava ser amigo dele — digo a ela.

— Você não o ajudou a se esconder quando ele fugiu? — ela me pergunta.

As palavras enviam um choque ao meu coração.

— Quê?

— Foi isso que Camille disse — Breanna me conta. — Camille diz que ouviu de Lonnie, que ouviu de Zach, que ouviu do irmão dele que Mikey Sanders disse que você estava ajudando Sandy a se esconder no bayou. E ela também disse... — Breanna interrompe a fala. Mas penso no que o xerife Sanders contou à minha mãe e meu pai. O que Mikey poderia facilmente ter contado a qualquer pessoa também.

Minhas mãos começam a tremer enquanto eu as aperto juntas, então as escondo sobre o colo, debaixo da mesa. Eu não sei o que dizer. Breanna deve enxergar isso em meu rosto porque seu sorriso começa a desaparecer.

— Você está bem, King?

— Todo mundo sabe? — pergunto a ela. — Darrell? — eu pauso. — Jasmine?

Ela está assentindo devagar, franzindo a testa agora.

— Qual o problema de todo mundo saber?

Mas eu já estou pegando minha mochila. Não sei o que farei. Para onde irei. Não sei se prefiro tentar me esconder pelo resto do dia ou se quero marchar direto até Jasmine e os outros para consertar a situação. Mas o que eu poderia dizer? *Não é o que parece. Eu só me senti mal pelo Sandy.* Qualquer um poderia ver que estou mentindo.

— Lembra do que você me disse — Breanna sussurra. — Não importa quem vai rir, não é?

Mas isso é mais fácil de dizer do que de fazer. Estou saindo pelas portas da biblioteca antes que ela possa dizer outra palavra.

Ainda restam alguns minutos antes do sinal tocar. Eu ando apressado pelo corredor e irrompo pela porta da frente e, do outro lado do campo, posso ver todo mundo junto ao redor do banco de Camille. Jasmine está sentada de costas para mim. Anthony está com o nariz enfiado em seu livro didático de Introdução a Álgebra. Camille está gritando com Darrell. Darrell está rindo alto. Eu olho por cima do ombro e vejo Breanna correndo atrás de mim pelo corredor, então eu ando rápido em direção ao banco, mesmo que eu ainda não faça ideia do que irei fazer ou dizer.

Camille me vê primeiro. Seu rosto explode em um sorriso largo quando ela me vê se aproximar, mas consigo enxergar também aquele brilho maldoso em seus olhos. Jasmine e Darrell se viram e me veem também. Anthony ergue o olhar de seu livro didático, balançando um pouco a cabeça como se fosse um aviso.

— Ah, olha — Camille diz com as mãos na cintura. — É o mentiroso.

Darrell cruza os braços. Jasmine se vira imediatamente de volta. Eu solto um suspiro trêmulo.

Breanna chega atrás de mim.

— Isso não é justo, Camille.

Camille levanta a sobrancelha para a amiga.

— O que você disse?

— Eu disse que não é justo! Você não sabe por que King manteve isso em segredo.

— Não importa *por quê* — Camille diz. — Ele sabia onde Sandy estava esse tempo inteiro, enquanto a cidade inteira estava procurando por ele! — Camille não está nem fingindo sorrir mais. Ela acena na direção de Jasmine. — Jasmine estava perdendo a cabeça, assustada que algo pudesse ter acontecido com Sandy! Você sabe disso!

O pior é que eu *sei* disso sim. Eu tento formar um pedido de desculpas, mas parece esquisito tentar me desculpar com Jasmine na frente de todo mundo, quando ela está de costas para mim.

Breanna ainda não desistiu.

— Sim, mas talvez o Sandy não *quisesse* que o King contasse a ninguém.

— E por que será isso? — Darrell diz, sua voz alta.

E eu sei exatamente o que ele quer dizer com isso. Pelo silêncio, eu sei que todo mundo entende o que ele quer dizer também. Eu me pergunto se Camille contou a todo mundo o que ouviu de Mikey Sanders.

— É estranho, não é? — Darrell diz, olhando ao redor em busca de apoio. — O garoto é gay e você de repente vira o melhor amigo dele? Esconde ele num pântano?

Estou sacudindo a cabeça, engolindo toda a secura enquanto tento recuperar o fôlego ao mesmo tempo.

— Cala a boca, Darrell.

Isso é tudo o que eu consigo dizer. E eu sei que não é o suficiente. Até Breanna não tem o que dizer em resposta. Anthony está fazendo uma careta, por mim ou para mim, não sei dizer. Mas Camille e Darrell continuam me olhando, esperando que eu diga alguma coisa — *qualquer coisa* — que poderia explicar por que eu fiz o que fiz. Porque eu mentiria sobre isso para todo mundo.

Quando não consigo pensar em mais nada para dizer, Jasmine desliza para fora do banco, se levanta e passa por mim sem olhar na minha direção ou dizer uma única palavra. Eu tento segui-la, mas Camille pula e bloqueia meu caminho.

— Você precisa deixar ela em paz — Camille diz. Estou olhando além de Camille, por cima de seu ombro, na direção de Jasmine, que está se afastando o mais rápido que pode.

— Você é um *mentiroso*, Kingston James, e ela não precisa de um namorado como você.

— Tá bom, Camille — Anthony diz. — Você já deixou claro o que pensa. Deixa ele em paz.

Camille se vira na direção dele.

— Como você pode ficar do lado dele? E você! — ela diz para Breanna.

— Foi errado ele ter mentido — Breanna diz —, mas também não sabemos de tudo, ou por quê. Só estou dizendo que devemos dar uma chance a ele, só isso.

Todo mundo, até Anthony, olha para mim como se esse fosse o convite para que eu explique tudo. Para que eu conte a eles como acabei escondendo o Sandy e guardando isso tudo em segredo. Mas, em vez de palavras, tudo o que eu sinto é o calor das lágrimas subindo por minha garganta. Não posso chorar aqui — não na frente de todo mundo — então antes que qualquer um deles consiga piscar, eu dou o fora dali, correndo pelo campo e de volta pelas portas do colégio. O sinal toca, e multidões de estudantes se amontoam ao meu redor, a caminho do primeiro período. Todo mundo se aglomera pelos corredores e entra em suas salas de aula até que estou sozinho. O segundo sinal toca, e estou atrasado para a aula de matemática, mas acho que não consigo me sentar em uma carteira e ouvir um professor agora. Eu começo a andar em direção ao banheiro, para sentar em uma cabine até me sentir melhor de novo, mas antes que eu possa dar outro passo, ouço uma voz atrás de mim.

— Me conta a verdade, King.

Eu me viro. Jasmine está em pé, ao lado dos armários. Ela está agarrando as alças da mochila, e considerando todo o tempo que ela não estava olhando para mim antes, agora seu olhar está grudado em mim — olhando bem nos meus olhos, as sobrancelhas juntas com a expressão concentrada, como se ela estivesse estudando tudo sobre mim.

— Me conta a verdade — ela diz de novo.

Não há ninguém aqui — somos apenas nós dois, e Jasmine não foi sempre a minha melhor amiga? Assim como o Sandy, eu sentia que podia contar qualquer coisa a eles dois. Contei meu segredo ao Sandy, mas nunca contei a Jasmine.

— Você sabia mesmo onde o Sandy estava esse tempo todo? — ela me pergunta.

Eu aceno com a cabeça, olhando para meus tênis.

— E você ajudou ele a se esconder quando ele fugiu?

Eu aceno de novo, mas dessa vez eu também murmuro:

— Ele disse que precisava de ajuda.

Jasmine não diz nada em resposta a isso. Ela ainda está me encarando, me observando com tanta atenção que não consigo erguer o olhar para encontrar o dela.

— E é verdade — ela disse — que você é gay?

Eu solto um suspiro trêmulo e sinto meus joelhos fracos. Eu me forço a me aproximar dela.

— Jasmine...

— Só me diz a verdade! — ela diz tão alto que quase grita. Estou com medo de que as portas das salas de aula se abram e nos metermos em encrenca.

Eu balanço a cabeça.

— Eu não sei.

— Como assim você não sabe?

Estou com medo de dizer a coisa errada.

— Eu não sei.

— Você está mentindo para mim!

Eu fecho os olhos — aperto-os com força, tanta força que só enxergo em vermelho, as cores em um rodopio.

— Quando Sandy me contou que gostava de outros garotos, eu contei a ele que achava que talvez gostasse também.

Mantenho os olhos fechados. Estou com medo demais de abri-los de novo, de ver como Jasmine está olhando para mim. Mantenho-os fechados por tanto tempo que não sei se Jasmine me deixou ali em pé sozinho naquele corredor.

Mas então ela fala.

— Você gosta de mim, King?

Eu finalmente abro os olhos. As cores rodopiantes ainda estão visíveis, mesmo enquanto eu pisco sob a luz do corredor.

— Você é minha melhor amiga.

— Mas você *gosta* de mim?

Não consigo me forçar a dizer as palavras em voz alta. Eu balanço a cabeça e, antes que possa sequer balançar de novo, Jasmine se virou de costas para mim e saiu andando pelo corredor, me deixando sozinho com as cores que já estão começando a se dissipar.

A margem do bayou é a mesma que sempre foi, e a mesma que talvez seja para sempre, mesmo antes de eu estar aqui e mesmo depois que eu for embora. Um pedacinho do céu. Um minúsculo paraíso. Mas esse paraíso não é meu. Esse também não é o meu céu. Ele pertence às libélulas.

Khalid não é uma libélula. É uma verdade tão simples quanto a terra sob meus pés. Khalid não é uma libélula. Ele nunca foi. Quando ele deixou sua primeira pele, ele seguiu em frente. Deixou este mundo e me deixou para trás. Khalid não é uma libélula.

Eu sempre soube disso, mas convenci a mim mesmo que ele era uma libélula — contei a mim mesmo essa mentira, só para que eu pudesse tentar fingir que meu irmão poderia voltar para mim algum dia. Mas eu sei que ele não voltará. Khalid se foi. Essa é a verdade mais dolorosa de todas. Ela vibra por mim, estremece minhas costelas e me quebra por dentro, me transforma em pó. Khalid se foi.

Eu afundo em mim mesmo, meu estômago doendo. A dor que me lacera — eu nunca senti uma dor como essa antes. Parece que todos os meus ossos estão se quebrando. Como se alguém tivesse segurando meu coração com a mão, esmagando-o.

Eu só quero o Khalid. Eu só o quero de volta. Isso é tudo o que eu quero.

Quando eu grito para as libélulas, elas não prestam atenção alguma em mim. Elas voam e pairam em seu pequeno paraíso. Será que as libélulas sequer sabem que estão vivas? Será que elas sequer percebem quando morrem?

15

Meu pai cozinha frango assado e batatas. Não estou com fome, então eu só mexo a comida pelo prato em círculos. Normalmente, minha mãe me diria para comer meu jantar, mas essa noite, nenhum de nós tem uma única palavra a dizer. Essa casa testemunhou uma quietude e tanto nos últimos meses, mas essa noite o silêncio é diferente. Não estamos presos em nossos próprios mundos, perdidos em pensamentos separados. Essa noite, estamos todos pensando sobre a mesma coisa: em mim, e tudo o que eu fiz. Eu, e o fato de que eu talvez seja gay.

Minha mãe e meu pai não têm nada a dizer quando eu me levanto da cadeira. Ando pelo corredor, em direção ao meu quarto, e só então ouço seus murmúrios, sussurros baixos demais para que eu possa entender suas palavras, mas decido que não quero saber o que eles estão dizendo sobre mim. Saio pela janela do quarto e vou direto para a barraca.

Quando abro o zíper, eu me lembro de como encontrei o Sandy aqui pela primeira vez naquela noite, apenas algumas semanas atrás — como tudo seria diferente se ele não tivesse vindo para cá. Estou me aninhando no saco de dormir quando algo faz um ruído de amassado debaixo da minha mão. Eu me sento veloz, com medo de que possa ser um inseto — mas é um pequeno quadrado de papel. Eu desdobro o papel e nele está escrito:

Me encontra na frente do colégio hoje à noite. — Sandy

Não penso duas vezes. Estou praticamente correndo pela rua e então pela próxima, mal parando para recuperar o fôlego. Já está tarde — a lua cheia está alta e brilhante no céu. E se Sandy não estiver mais por lá? E se ele tiver me deixado o bilhete dias atrás e eu nunca percebi? E se for tarde demais?

Eu chego na última estrada que leva rumo ao colégio, o laranja dos postes de luz brilhando, na expectativa de ver uma sombra esperando por mim — mas não há ninguém lá. Eu paro em frente a um dos terrenos do colégio, bem onde meu pai normalmente me deixaria, respirando pesado.

— King!

Eu me viro, e perto dos bancos está Sandy, levantando-se num pulo.

Eu não penso duas vezes. Corro e jogo os braços ao seu redor.

— Você está bem! — eu me afasto, examinando-o em busca de qualquer sinal de que o pai o machucou de novo, com medo do que posso encontrar, mas Sandy parece bem.

É realmente a expressão em seu rosto que acaba com meu sorriso.

— Você não tem ido pra escola — digo a ele.

— Meu pai não me deixa sair de casa — ele diz. — Ele me trancou no quarto.

— Quê?

— Ele só me deixa sair uma vez por dia para comer e usar o banheiro. Eu consegui pegar a chave para as barras na janela, mas se ele notar que eu saí, estou morto.

— Ele não pode fazer isso!

— Sim, ele pode — Sandy diz. — Eu preciso sair daqui, King. De vez.

— O que quer dizer?

— Quero dizer que estou indo embora. Estou indo para Nova Orleans. Eu acredito que se eu conseguir chegar até lá a tempo do Mardi Gras, não tem como ninguém me achar. Vai ter gente demais. Antes que o Mardi Gras termine, vou embora de Louisiana.

— Você não pode estar falando sério.

— Não posso mais ficar nessa cidade — Sandy diz. — Preciso ficar longe do meu pai.

— Mas onde você vai morar? — digo, minha voz aumentando de tom. — Como você vai encontrar comida ou roupas ou...

— Eu vou dar um jeito, King — ele diz. Ele cruza os braços e fica claro que ele tem mais que precisa me dizer. — Eu quero que você venha comigo.

— Quê?

— Você não pode ser você mesmo aqui! Todo mundo te odeia, só por você ser quem é.

— Há pessoas que me amam aqui também — digo, com a voz baixa, como se estivesse tentando convencer tanto a mim quanto a ele de que isso é verdade.

Ele acena a cabeça devagar.

— Me parece que as pessoas que te amam são as que estão mais te machucando.

Quando ele diz isso, eu volto imediatamente para a noite em que me sentei na cama, Khalid deitado de lado, de costas para mim. *Você não quer que ninguém pense que você é gay também, não é?*

Khalid me machucou. Ele pode não ter tido a intenção — talvez ele estivesse apenas tentando me proteger — mas ele me machucou mais do que qualquer outra pessoa havia me machucado antes. Ele fez eu me sentir com vergonha de ser quem sou. A culpa queima em mim ao pensar nisso. Por ter raiva de Khalid, quando ele nem está mais aqui para se defender. Para se explicar. Quando ele não tem nem mesmo a chance de se desculpar por isso.

— Você acha que é possível ter saudades de alguém e ficar com raiva dessa pessoa ao mesmo tempo? — pergunto.

Sandy concorda sem hesitação.

— Estou com raiva da minha mãe, mas sinto falta dela assim mesmo.

Eu me sento no banco.

— Não posso fugir com você.

— Aqueles dias no bayou, aqueles foram alguns dos melhores dias da minha vida.

Foram para mim também — eu sei disso sem dúvidas, mas não admito em voz alta.

— Meu pai não me entende. Meu irmão não me defende — ele pausa. — Sua mãe e seu pai entendem você?

Eu penso no jantar dessa noite. O silêncio nos sufocando.

— Eles nem falam comigo sobre o assunto.

Sandy se aproxima.

— Em Nova York — ele diz — tem um centro que abriga pessoas gays que não têm para onde ir. Podemos ficar lá.

— Como vamos conseguir chegar até Nova York?

— Vamos dar um jeito, King — ele diz. — Nós sempre damos um jeito.

Estou sacudindo minha cabeça, mas o calor se alastra por mim ao pensar em escapar dessa cidade, a decepção e a vergonha irradiando da minha mãe e do meu pai, a raiva de Camille e Darrell, de Jasmine também — escapar da expressão no rosto dela sempre que me vê. A traição que ela sente. Todas as mentiras que construí desabaram ao meu redor.

— Eu preciso ir — Sandy sussurra, se levantando. — Não posso deixar que meu pai me pegue fora do quarto. Vou roubar a chave de novo na próxima terça — ele me diz — e vou pegar o ônibus para Nova Orleans. Vou esperar por você. Vou esperar na frente da catedral perto da água. Sabe de qual estou falando?

— A Catedral de St. Louis?

Ele assente.

— Vou esperar lá por você, King, mas não posso esperar muito. Vou esperar por um dia, e então tenho que partir.

Eu aceno com a cabeça para mostrar que entendi, e Sandy vai embora antes que eu me dê conta — mas então ele pensa melhor, e se vira para me olhar de novo.

— Obrigado por tudo que você fez, King.

Sinto que *eu* é quem deveria estar agradecendo a *ele*, mas antes que eu possa dizer qualquer coisa, Sandy já se foi.

16

"É fácil fingir que estamos sozinhos", Khalid me contou. Ele estava acordado dessa vez, olhando para cima, pela janela e para o borrão de estrelas na extensão do céu azul escuro. Ele me contou que estava tendo dificuldades para dormir, e eu tentei não ficar desapontado, porque queria ouvir mais sobre aquele universo dele, que apenas ele consegue enxergar.

"Você sabia que sempre fala dormindo?" perguntei a ele.

Ele me deu seu sorriso favorito. "Eu falo sobre o quê?" ele perguntou.

Dei de ombros. Era difícil explicar, e uma parte de mim não queria nem tentar. Como se fosse um segredo que deveria ser mantido entre mim e o Khalid-adormecido. Mas Khalid estava muito curioso, dava para ver, então contei para ele sobre aquele universo secreto com o qual ele sonhava às vezes. Ele riu. "Isso é tão esquisito", ele disse, olhando de volta para a janela.

Ele parou de falar, embora eu achasse que ele ainda podia estar acordado, apenas olhando para o céu, então peguei meu diário para escrever tudo isso. Eu não sei por quê. Parecia ser algo que eu gostaria de me lembrar algum dia.

Quando minha mãe não menciona o Mardi Gras para mim, temo que ela mudou de ideia e que, no fim das contas, não vamos mais — mas quando o fim de semana chega, minha mãe me lembra de arrumar a mala para a semana que ficaremos com tia Idris. Ela parece surpresa quando eu não discuto e não digo que não quero ir. Eu começo a pegar um monte de camisetas.

Ela encosta na soleira da porta e cruza os braços com um sorriso.

— Mudou de ideia? — ela me pergunta.

Eu solto um grunhido. Essa é a primeira conversa que minha mãe tentou ter comigo desde que ela e meu pai receberam aquela ligação do xerife três dias atrás. Eu tinha desistido da ideia de que qualquer um dos dois voltaria a falar comigo.

Minha mãe entra no meu quarto e se senta na beirada da cama enquanto eu arrumo a mala, sentado de pernas cruzadas no chão.

— King — ela começa devagar — estive pensando muito.

Eu não quero saber *no que* ela esteve pensando. Eu me ocupo dobrando as camisetas.

— Tem camiseta demais — ela diz, com uma risada na voz. — Quanto tempo você acha que vai passar fora?

A resposta verdadeira a essa questão: para sempre. Mas não posso levar muitas camisetas — isso seria suspeito. Começo a guardar algumas de volta na gaveta.

Ela suspira.

— Fiquei surpresa com a ideia de que... sabe, que você pudesse ser gay.

Ela espera. Espera e espera, tentando ver se eu vou dizer algo em resposta a isso. Se vou confirmar ou negar. Mas não digo uma palavra, então ela continua falando.

— Eu decidi te dar espaço. Deixar você falar quando estiver preparado. Mas agora não tenho certeza se essa foi a coisa certa a se fazer.

Eu olho para ela.

— Você queria que eu falasse com você primeiro?

— Eu não queria fazer você se sentir sobrecarregado, ou te assustar com perguntas — ela diz. — Quero que você fale quando estiver preparado.

Eu hesito.

— E o pai?

Ela desvia o olhar, arrumando as dobras no vestido.

— Seu pai só precisa de um pouco de tempo — ela diz, assentindo devagar. — Você entende, não é?

Mas eu não entendo. Penso no que Sandy disse na noite passada — que às vezes são as pessoas que amamos que acabam nos machucando mais. Eu fecho a gaveta com força.

— King, se você não quiser falar comigo sobre isso, tudo bem — minha mãe diz, e eu até acredito nela. — Mas você precisa falar com *alguém*.

Eu me levanto em um pulo antes que ela possa dizer outra palavra.

— Não quero falar com um terapeuta!

Minha mãe se inclina para trás, surpresa.

— Abaixe seu tom de voz, rapaz.

A raiva entro de mim está fervendo, cuspindo palavras antes que eu pense duas vezes.

— Por que eu falaria com você? Você sempre ignora o que eu digo mesmo.

Eu saio correndo do meu quarto antes que ela possa dizer alguma coisa. E além de me perguntar se eu gostaria de outra porção da couve do meu pai, me dizer para parar de assistir TV e ir dormir, e me lembrar de terminar de arrumar a mala antes de partirmos para a casa de tia Idris, essa é a última coisa que minha mãe diz para mim por cinco dias inteiros.

O silêncio na picape do meu pai, a caminho de Nova Orleans, é o pior tipo de silêncio.

É o tipo de silêncio que se estende por tanto tempo que você não tem escolha a não ser preencher as lacunas e decidir o que as outras pessoas estão dizendo por elas.

Minha mãe: *King, eu não consigo nem o reconhecer mais. Não posso perdoá-lo por nada do que você disse e fez.*

Meu pai: *King, se você é gay, então você não é mais meu filho.*

É uma viagem de três horas, pelo asfalto preto brilhante com a chuva do começo da manhã, prédios abandonados se desfazendo na beira da estrada, campos verdes que afundam em pântanos de água marrom, árvores colossais ao redor, substituindo qualquer sinal de outros seres humanos, exceto pelos carros que passam velozes do lado oposto da rua. Eu caio no sono e acordo apenas quando estamos atravessando Baton Rouge, os carros buzinando no trânsito.

Na próxima vez que abro os olhos, o sol está a pino, irradiando toda a sua glória amarela. Meu pai encontrou uma vaga para a picape no acostamento de uma estrada de paralelepípedos, e casas geminadas de todas as cores — rosa, azul, verde e mais — enfileiradas na rua com sacadas enferrujadas. Tia Idris está no alto de uma delas, acenando para nós de uma sacada que transborda com plantas frondosas e flores vermelhas reluzentes.

Eu carrego minha bolsa sobre o ombro enquanto meu pai puxa as malas dele e da minha mãe para o outro lado da rua, parando para um carro que passa rugindo. Tia Idris já está esperando na entrada quando chegamos. Ela não diz uma palavra. Apenas envolve meu pai em um abraço, então minha mãe e então a mim. Ela exala um cheiro de folhas de hortelã e chá de capim-limão.

— Entrem e saiam do sol quente — ela nos diz, e nós a seguimos para um corredor ainda mais quente que é todo feito de madeira gasta e papel de parede manchado.

O corredor está abarrotado com um cabideiro, plantas e sapatos todos bagunçados perto da porta. Nós subimos a escada estreita, ofegando e arfando e suando, até chegar ao segundo andar, onde ela tem uma sala de estar com as janelas escancaradas, toda a luz do sol do mundo se derrama para dentro. Há tigelas com bananas e pêssegos e kiwis amadurecendo no calor, com algumas minúsculas moscas da fruta voando por perto, e os sofás parecem tão esfarrapados e devorados por traças quanto no ano passado, mas eu não me importo. Eu amo a casa da tia Idris. Se a casa onde moro hoje com minha mãe e meu pai é um cemitério, então a casa de tia Idris é uma igreja, cheia de vida e amor e louvores para o divino.

Minha mãe e meu pai vão para o quarto que eles sempre ficam, e tia Idris me leva por outro lance estreito de escadas até o sótão, onde eu normalmente dormiria em uma cama pequena com Khalid. O vazio em meu peito cresce, como sempre faz quando vou a algum lugar que costumava pertencer a nós dois, eu e Khalid. Tia Idris tem um jeito de saber como você se sente sem que ninguém diga palavra alguma. Ela apoia a mão pesada em meu ombro enquanto subimos os últimos degraus.

O cômodo parece diferente. Novos lençóis azuis na cama, novas cortinas brancas e translúcidas. Há uma mesinha de cabeceira nova também, com uma foto de Khalid. Eu quero virar a foto para baixo, para não ter que olhar para ele, mas tia Idris atravessa o cômodo mancando um pouco e pega a fotografia.

— Ele é lindo, não é? — ela me pergunta com um sorriso. *Era lindo*, eu quero corrigi-la.

— Ah, não se preocupe — ela me diz, como se tivesse ouvido aquelas palavras saindo da minha boca. Ela coloca a foto de volta sobre a mesinha. — Os espíritos deste mundo, eles não permanecem mortos por muito tempo.

E antes que eu possa sequer perguntar a tia Idris o que ela quer dizer com isso, ela passa mancando por mim e sai pela porta de novo.

Eu acordo com o som irregular de jazz vindo do andar de baixo. O céu está azul escuro, então sei que devo ter dormido o dia todo. Consigo sentir o cheiro de frango e camarão e couve saindo da cozinha no primeiro andar e subindo até aqui.

Amanhã é terça-feira — quando eu deveria encontrar Sandy na frente da catedral. Começo a me sentir um pouco mal só de pensar nisso. Vamos mesmo tentar fugir juntos? Minha mãe e meu pai não me entendem, mas será que sou corajoso o suficiente para ir embora e nunca mais vê-los?

Eu me descolo dos lençóis e desço as escadas devagar, o cheiro do jantar ficando mais forte. Ouço risadas vindo do primeiro andar. Eu não ouço meus pais rindo assim há muito tempo. Mas então a risada acaba. Eu me esgueiro pelos últimos degraus com as costas para a parede. A voz da minha mãe chega em meus ouvidos.

— Eu não sei mais como falar com ele — ela diz.

Mesmo que ela estivesse rindo apenas alguns segundos atrás, acho que agora ela deve estar chorando.

— Talvez você não precise falar tanto quanto pensa — tia Idris diz a ela. — Talvez o que ele precisa mais do que qualquer coisa agora é que você escute. Sabe, acho que subestimamos os jovens. É fácil esquecer como era nessa época.

O quanto nós éramos mais inteligentes do que os adultos achavam, e King é esperto.

Minha mãe solta uma risada curta.

— Esperto demais, às vezes. Ele está sempre me respondendo hoje em dia, subindo o tom de voz. Ele mudou. Agora ele tem tanta raiva dentro de si.

— Leva tempo. O luto assume muitas formas, e fica com você até o fim dos seus dias. Não é assim?

Eu repouso a cabeça na parede, escutando. Normalmente, odeio quando os adultos falam de mim quando não estou presente, mas há algo na tia Idris e o modo como ela fala com tanto amor nas palavras que me faz querer ouvir o que ela tem a dizer.

— Tenha paciência com você mesma — ela diz — e tenha paciência com ele. Se você ouvir, ele lhe dirá do que precisa.

Há um barulho de panelas e frigideiras, o tilintar de pratos de jantar. Minha mãe assoa o nariz e então grita meu nome. Eu me esgueiro para longe, subindo os primeiros degraus, então faço uma grande performance barulhenta de correr descendo o resto da escada. Chego à cozinha e minha mãe está arrumando a mesa redonda que tia Idris tem na cozinha, e meu pai está mexendo uma panela no fogão. Nenhum dos dois percebem o pequeno sorriso que tia Idris me dá, como se ela soubesse que eu estava ali em pé e escutando o tempo todo.

Quando o jantar fica pronto, nos sentamos e fazemos nossa oração. Tia Idris diz algumas palavras para Khalid — não sobre o Khalid ou sobre como o bom Senhor tomará conta dele até que estejamos prontos para vê-lo de novo, mas para Khalid. Ela diz que nós o amamos e sentimos sua falta, e mesmo que não tivéssemos passado tanto tempo juntos, nossas vidas estão melhores por causa dele. Minha mãe começa a esfregar os olhos quando dizemos *amém*.

— O que você mais quer fazer, King? — tia Idris pergunta, e imagino que ela esteja perguntando sobre os desfiles de amanhã.

— As fantasias — digo a ela, então penso mais sobre o assunto. — E a comida.

Minha mãe ri ao ouvir isso. Meu pai não me dá nenhum tipo de reação. Ele sequer olha para mim. Eu me pergunto se ele falou com tia Idris sobre mim também, antes de eu estar acordado e ouvindo. Talvez ele tenha pedido conselhos sobre como me transformar em não-gay.

— Sempre é divertido demais — tia Idris diz, enchendo meu prato com frango cozido e couve. — Reggie — ela diz, se referindo ao meu pai —, talvez você devesse sair cedo com o King. Ter uma chance de encontrar um bom lugar antes do desfile começar.

Meu pai grunhe enquanto mastiga, recostado em sua cadeira, que range sob seu peso. Eu não achava que meu pai podia me machucar tanto assim. Nunca pensei que fosse possível. Mas a cada segundo que ele se recusa a olhar para mim, — cada vez que ele grunhe sem falar comigo — uma rachadura se abre em mim, e tenho certeza de que se ele me causar rachaduras o suficiente, irei despedaçar.

Nossos jantares costumam ser silenciosos, mas se tia Idris percebe isso, ela não se importa. Ela continua tagarelando, falando sobre memórias de quando minha mãe e meu pai eram jovens, falando tudo sobre como meus pais se conheceram na época do colégio e se apaixonaram.

— Namoradinhos desde a época do colégio — ela me diz.

Ela até faz meu pai sorrir um pouco com as memórias. E tia Idris não para por aí. Ela segue em frente, falando sobre o primeiro filho deles, e como eles nunca chegaram a tempo ao hospital — eles tiveram o Khalid no carro, no meio da estrada.

— Ele saiu como se nada pudesse o impedir — ela nos diz. — Como se não houvesse nada nem ninguém nesse mundo que queria viver mais do que ele. E, rapaz, como ele viveu. Ele viveu com todo o coração e todo o espírito. A maioria das pessoas só passeia pela vida, mas Khalid sabia que tinha sorte de estar aqui, e não desperdiçou um segundo daquela vida dele. Ninguém pode negar isso.

E tia Idris está certa, porque nenhum de nós pode negar.

Depois que terminamos de comer, minha mãe e meu pai vão para o andar de cima para dormir cedo antes do grande dia, mas tia Idris me pede para ficar e ajudá-la a limpar as coisas. Ela lava as panelas e frigideiras grandes enquanto eu as pego para secar com uma toalha e coloco sobre a bancada. Ela não tenta me forçar a falar ou contar a ela tudo que está errado, como a maioria dos adultos faz. Ela só cantarola de boca fechada o jazz que ainda sai do seu aparelho de som.

— Tia Idris — digo, e ela ergue o olhar com aquele sorriso dela.

— Sim, King? — ela me pergunta.

— O que você quis dizer mais cedo? — pergunto a ela. — Quando disse aquela coisa sobre os espíritos?

— Ah — ela diz, e soa quase como uma risada quando ela se abaixa para guardar uma panela. Ela solta um gemido quando se levanta de novo. — Esse meu joelho realmente gosta de deixar claro quem é que manda, hein? Continua lavando a louça. Vou sentar um pouquinho.

Eu faço o que ela me pede, assumindo a tarefa de lavar e esfregar enquanto espero que ela diga alguma coisa, com medo de ter que fazer a pergunta de novo — até que, finalmente, ela fala.

— Já contei a você sobre o seu avô, King? — ela me pergunta.

Ela me contou sim. Meu avô Ellis, que morreu dormindo um dia depois das enchentes do Katrina terem inundado toda Nova Orleans.

— Senti falta do meu pai — ela me diz. — Ainda sinto. Sinto falta dele mais do que tudo.

— Alguma hora isso passa? — pergunto a ela.

— Sentir falta dele? — ela diz, então balança a cabeça. — Diminui, sim. Não estou sentindo falta dele todo dia, como sentia antes. Desejando que eu pudesse ligar para ele. Tantos anos depois, e quando eu lembro de alguma coisa engraçada, pego o telefone para contar a ele, antes que me esqueça.

Eu esfrego e esfrego e esfrego.

— Mas a saudade vira algo diferente também, depois de um tempo — ela me diz. — Elas se tornam memórias. Se tornam rir de algo engraçado que ele já fez ou disse, mesmo que ele não esteja aqui para rir com você.

— Você acha que ele está... em algum lugar?

— Ah, sim — ela diz. — Sim, sim, sim. Meu pai, ele vem me visitar nos meus sonhos quando pode. Na maioria das vezes, não diz uma palavra. Apenas me observa com um sorriso no rosto. Outras vezes, ele conversa comigo a noite toda. Algumas coisas eu não me lembro. São coisas sobre lembranças também, de quando eu era uma menininha e o seu pai era um garotinho. Meu pai se lembra de tudo. Os espíritos deste mundo — ela diz mais uma vez —, eles não permanecem mortos por muito tempo.

Suas palavras ecoam em mim até eu acabar de lavar a última panela, então subo todas as escadas, e me deito na cama. Elas ainda continuam comigo enquanto estou deitado e acordado, e encaro as ripas de madeira no teto inclinado. Eu sei que Khalid não é uma libélula. Mas talvez ele venha me visitar essa noite. Talvez ele venha me visitar em meus sonhos.

17

Meu pai está quieto quando saímos da casa de tia Idris para as ruas de Nova Orleans. O Mardi Gras já começou. Mesmo ontem à noite, quando estava começando a cair no sono, podia ouvir um murmúrio de música nas ruas, as risadas e os cantos. Agora todos os sons do mundo devem estar bem aqui nessa cidade. Risadas, buzinas de carros e música. Tanta música. Os sons dos trompetes e cornetas e baixo e vozes cantando canções se misturam e se embolam, e mesmo que cada um esteja tocando suas músicas separadas, todos se unem para um grande coro, como se estivessem tentando fazer uma canção alta o suficiente que até Deus possa ouvir.

As ruas estão tão abarrotadas que ninguém se mexe. Pessoas vestindo fantasias com penas e contas, pessoas que não estão fantasiadas, mas apenas de camiseta e jeans, pessoas vestindo perucas multicoloridas, pessoas deixando suas carecas brilharem sob o sol, pessoas de todas as cores se unindo como uma única massa, uma onda crescente. Só a visão disso tudo já me deixa animado, com o coração batendo acelerado.

Mas não posso esquecer. Não estou aqui apenas para assistir. Preciso me livrar do meu pai. Chegar à igreja, e ao Sandy.

Meu pai não fala. Ele me disse uma única vez para ficar perto, logo quando estávamos saindo da casa de tia Idris, e só. Não tenho certeza se ele está mesmo prestando atenção em mim, já que ele ainda não olhou diretamente para mim.

Encontramos um lugar para assistir ao desfile, em um beco de paralelepípedos com sombra. Não há tantas pessoas aqui, e a sombra entre duas casas também abafa todas as músicas ao nosso redor, mas também significa que não temos a melhor vista. Preciso subir em uma mureta para olhar por cima de todas as cabeças e conseguir enxergar o desfile de fantasias que está passando. Penas e contas de todas as cores sob o sol quente voam para todo lado rodopiando, enquanto as pessoas batem palmas no ritmo da música e dançam.

— King — meu pai diz. Ele não consegue ver o choque em meu rosto, já que ainda não está olhando para mim. — Você e eu. Precisamos conversar — ele me diz.

Meu coração está se despedaçando. Minha mente está enevoada. Eu já sei o que ele vai dizer. Eu já sei, porque já imaginei as palavras saindo de sua boca pelo menos umas mil vezes a essa altura. *Você não é mais meu filho.*

Já que levou tanto tempo para ele dizer essas palavras, eu achei que poderia conseguir continuar morando na mesma casa que ele, mesmo que ele me odeie, mesmo que ele esteja envergonhado demais para sequer olhar para mim — mas eu não deveria ter me iludido. É claro que meu pai não aguentaria ficar perto de mim.

— Desculpa — digo, falando antes de pensar.

Ele franze a testa, e agora olha para mim — pelo que poderia muito bem ser a primeira vez em uma semana, meu pai olha para mim.

— Quê?

— Desculpa — digo a ele. — Por... por pensar que talvez eu seja...

Não consigo nem dizer. Mas meu pai entende. Ele olha de volta para o mar de pessoas à nossa frente.

— Não estou feliz com você, King — ele me diz. — Mas não é esse o motivo.

Eu me sento na mureta, olhando para baixo em sua direção enquanto ele tensiona a mandíbula e procura as palavras.

— Estou furioso por você ter mentido para nós, para mim e sua mãe. Você entende isso?

Não consigo falar. É um sentimento estranho, seja lá o que for que está borbulhando em mim agora. É parte medo, parte alívio. Alívio de que ele não está dizendo que não posso mais ser seu filho.

— Você colocou a vida daquele garoto em perigo ao ajudá-lo a se esconder. Não consigo imaginar o que o pai dele deve estar pensando. Se fosse o contrário, e Charles Sanders tivesse ajudado você a se esconder no bayou, eu iria querer me certificar de que ele nunca mais chegasse perto de você de novo. — Ele balança a cabeça enquanto inspira profundamente para se acalmar e solta o ar de novo. — Estou muito desapontado com você, King.

Meus olhos estão começando a arder com todo o sal nas lágrimas que estou tentando não deixar cair. Desvio o olhar. Sinto vergonha e culpa e tudo o mais que eu deveria estar sentindo agora, mas esse alívio — ele me recobre como o calor de Louisiana.

— Então... você não se importa que talvez eu seja — eu digo, e quase engulo a palavra, mas me forço a dizê-la. — Você não se importa que talvez eu seja gay?

Meu pai ainda não olha para mim. Ele não fala. Não por um bom tempo. Posso sentir o alívio indo para longe em meio às palmas, à música e à risada.

Finalmente, ele diz:

— Eu não sei o que pensar sobre isso. Não ainda.

Ele está falando a verdade, e esse é o tipo de verdade que machuca. O tipo de verdade que me faz querer que eu nunca tivesse perguntado.

Mas então ele continua falando.

— Eu não sei o que pensar — ele diz — mas você precisa saber que eu te amo.

Ele olha direto para mim quando diz isso.

— Saiba que eu te amo, King — ele me diz — não importa o que aconteça. Eu sempre o amarei. Nada vai mudar isso — ele assente para si mesmo, olhando de volta para o desfile. — Tudo bem?

Eu fecho as mãos, unindo-as. Eu olho de volta para a multidão, todas aquelas pessoas à nossa frente.

— Pai — digo, e ele ergue o olhar para mim. — Eu também te amo.

Não estou esperando o sorriso que ilumina seu rosto. Ele solta uma risada curta e me dá um tapinha nas costas. Ficamos ali, assistindo ao desfile, e acho que não há nenhum outro lugar no mundo onde eu gostaria de estar.

Minha mãe e tia Idris nos encontram em nosso lugarzinho especial para assistir ao desfile. Temos uma garrafa de água que todos compartilhamos. Já se passaram algumas horas. Em mais uma hora, eu sei que o sol vai começar a se pôr.

Será que Sandy conseguiu chegar até aqui, em Nova Orleans? Será que ele está em pé na frente da igreja, esperando por mim?

Eu digo à minha mãe e meu pai e tia Idris que quero dar uma olhada mais de perto e que volto logo. Minha mãe franze o cenho, e eu sei que ela está prestes a me dizer que um dos adultos precisa me acompanhar, mas tia Idris apoia a mão no meu braço e me diz para ser breve. Ela me dá uma piscadinha, como se tia Idris soubesse exatamente o que vou fazer.

Eu saio daquele pequeno beco e abro caminho na multidão. Há uma revoada de penas, o aroma doce de rosas, e uma batida pulsando pelo chão enquanto marchamos. Eu sempre amei o Mardi Gras e, pela primeira vez, eu sei o motivo: eu nunca vi uma celebração da vida como essa. Todo mundo aqui está feliz — feliz por cada sopro de ar e cada pulsação de sangue e cada batida do coração, feliz por estar vivo e feliz que todo mundo ao redor também está vivo. E eu me lembro do que tia Idris disse: Foi assim que Khalid viveu. É assim que quero viver.

Eu ando. Ando tanto que sei que minha mãe e meu pai devem estar ficando preocupados, mas posso apenas ter esperança de que tia Idris esteja os mantendo tranquilos e distraídos. As ruas por onde ando começam a ficar menos movimentadas, e eu me perco, incerto se devo virar à esquerda ou à direita. Pergunto a alguém segurando um grande trombone velho qual é o caminho da catedral, e ele me dá um sorriso cheio de dentes e aponta a direção descendo a rua. Eu chego ao rio. O rio Mississippi flui turbulento como fluiu há centenas de anos e como continuará fluindo por outros cem.

Eu sigo pelo caminho, e surgindo à minha frente está a catedral, as torres espiraladas alcançando o alto do céu. É Mardi Gras, então a maioria das pessoas está desfilando nas ruas, mas há algumas pessoas passeando pelo gramado.

E lá, sentado nos degraus, está Sandy.

Ele olha para mim quando me aproximo. Pisca os olhos como se estivesse caindo no sono, me esperando aqui — então pisca os olhos de surpresa, como se não pensasse que eu viria de verdade. Ele se levanta em um pulo com um sorriso largo no rosto.

— King! — ele diz, então joga os braços ao meu redor e me abraça apertado, mais apertado do que ele jamais me abraçou antes. Meu coração parece que vai explodir. Ele se afasta, ainda sorrindo, de repente sem fôlego como se tivesse corrido vários quilômetros. — Eu estava começando a achar que você não viria.

Eu hesito, então abro os braços.

— Aqui estou — digo.

Ele solta uma risada.

— Vamos lá, vamos embora. A essa altura, meu pai provavelmente já percebeu que não estou em casa. Quanto antes eu sair de Louisiana, melhor.

Ele puxa minha mão, tagarelando sobre como ele descobriu como podemos chegar até Nova York — o trem, vai nos levar direto para lá, e Sandy, ele já pegou o dinheiro de que precisamos na carteira do pai essa manhã. Mas quando eu não o acompanho, ele para. Vira-se para trás com a testa franzida. Ele vê meu rosto.

— O que foi? — ele pergunta, e aqui está mais uma verdade que eu sei que ele não quer saber.

Dizer as palavras é doloroso, porque eu sei que elas irão machucá-lo também.

— Não posso ir, Sandy.

Ele fecha a boca, tensiona a mandíbula.

— Como assim não pode ir?

Eu balanço a cabeça.

— Não posso ir. E você também não deveria ir.

Não há tristeza, nem decepção — não há nada além de raiva no rosto de Sandy.

— Você veio até aqui só para me dizer que não vem comigo?

— Não, Sandy...

— Que tipo de ajuda é essa? — ele pergunta, então balança a cabeça. — Beleza. Se você não vem comigo, eu preciso ir embora.

— Espera, Sandy, você não precisa ir.

Ele começa a gritar — tão alto que uma mulher que está passando por perto olha para nós.

— Você se esqueceu de tudo? Você passou alguns dias em casa com sua mãe e seu pai e se esqueceu de tudo que prometemos um para o outro? Você deveria ser meu *amigo*, King.

— Eu sou. E é por isso que estou te dizendo: você não deveria ir. As coisas podem melhorar.

— *Como?*

Sandy está chorando agora e eu não sei se é por minha causa, ou se é por causa de tudo que é injusto e odioso nesse mundo.

— *Como* as coisas podem melhorar?

Eu não sei responder. Eu não sei como — ainda não. Mas acredito que vai melhorar. E, agora, mais do que tudo, preciso que Sandy acredite também.

— Você pode ficar comigo — digo a ele. — Comigo e minha mãe e meu pai. Vamos contar a verdade a eles, e te manter afastado do seu pai, e...

Ele está rindo de mim agora. Rindo e sacudindo a cabeça.

Eu não sei o que mais dizer. Estou começando a me arrepender por deixar meus pais e tia Idris para trás. Talvez eu devesse ter contado a eles. Talvez eles tivessem me ouvido dessa vez, e eles teriam entendido o Sandy, e eles o manteriam em segurança.

— Não posso continuar aqui — ele diz. Ele se curva ao se abaixar, levanta a mochila. — Preciso ir, King.

Ele se afasta andando para trás, como se ainda tivesse esperança de que eu vá com ele — e eu observo, esperando que ele mude de ideia e fique. Mas então ele se vira e vai embora, andando sem olhar para trás de novo.

Meus pés estão doendo e o sol está começando a se pôr quando eu retorno. Ouço meu nome antes de ver minha mãe — mas quando eu a vejo, chamando meu nome e olhando ao redor nervosamente, eu corro até ela e a deixo me abraçar com força. Ela se afasta, conferindo se estou bem, perguntando se tem algo errado, onde eu estive, o que aconteceu. Meu pai vem correndo, e tia Idris vem atrás, observando com aquele olhar sagaz dela.

Estou chorando, e nem me importo. Digo que preciso contar algo a ela. Tudo o que posso fazer é rezar para que, dessa vez, ela escute cada palavra.

18

Quando deixamos a casa de tia Idris e Nova Orelans, Sandy já foi encontrado de novo. Eu sei que ele vai me odiar. Eu sei que ele vai me odiar mais do que tudo nesse mundo. Mas, dessa vez, quando conto à minha mãe sobre os hematomas que vi no Sandy, posso ver que ela acredita em mim.

— Pode ser difícil — ela me diz — mas vamos nos esforçar para que ele não volte para o pai. Prometo, King.

A viagem de volta à nossa cidadezinha é silenciosa de novo, mas é um tipo diferente de silêncio. Não do tipo em que estou pensando em todas as palavras que meus pais querem dizer para mim, mas do tipo em que estamos de volta nos casulos de nossos próprios pensamentos, nossas próprias memórias.

Eu abro a boca, minha voz falhando.

— Lembra de como o Khalid fazia aquele jogo de cantar?

Ele começava a cantar uma música, não importava qual era, e então no segundo seguinte, ele ia direto para outra música, sem ritmo ou motivo — dependia apenas do que ele sentia vontade de cantar a plenos pulmões naquele dia. Essa longa viagem de carro de Nova Orleans era seu lugar favorito para jogar esse jogo. Isso costumava me deixar louco. Eu cobria as orelhas e dizia para ele calar a boca, mas ele continuava sorrindo e cantando.

Consigo sentir a sensação de choque vindo do banco da frente da picape. Mas então minha mãe se vira com os olhos molhados. Ela tem um sorriso no rosto — mas não aquele sorriso falso e forçado. Um sorriso de verdade.

— Ele sempre cantava muito mal, né? — ela diz, rindo.

Eu concordo.

— Sim, ele era o pior.

Ficamos quietos de novo, mas então um barulho vem do meu pai. Ele está cantando. Uma das músicas que Khalid costumava cantar o tempo inteiro. Sua voz é resmungona e fora do ritmo, e ouvi-lo me faz rir.

Minha mãe se vira para mim de novo.

— Acho que descobrimos de onde Khalid puxou a voz.

Nós dois começamos a rir, e eu consigo ouvir a risada na voz do meu pai também, mas ele apenas continua cantando.

Passaram-se dias e, mesmo que seja o meio da semana, nenhum dos meus pais me obriga a ir ao colégio. Nenhum dos dois vai ao trabalho também. É como se tivéssemos voltado aos dias após o funeral, mas dessa vez, temos um tipo diferente de luto. O tipo em que apenas começamos a chorar, não importa quem esteja por perto para ver. O tipo em que começamos a rir com a mesma facilidade. Minha mãe me mostra fotos de quando Khalid era pequeno, antes de eu nascer. Ela compartilha as lembranças dele.

— Khalid, esse era o livro favorito dele, alguns anos atrás — minha mãe diz, me mostrando *Uma dobra no tempo*. Eu o deixo na minha mesa de cabeceira agora.

— Ele amava futebol — ela me conta. — Até quando ele estava apenas aprendendo a andar e correr, ele saía por aí chutando tudo o que podia.

— Ele chegou a te contar que queria ser advogado? — ela me pergunta, então balança a cabeça. — É, ele queria ser um advogado, porque existem muitas coisas injustas e desleais e ele queria fazer o que pudesse para mudar o mundo. — Ela sorri. — Palavras dele.

Meu pai mexe com a TV e todos os fios, e consegue fazer com que o antigo aparelho de DVD ligue e funcione. A tela se acende. Lá está o Khalid. O Khalid que eu nunca vi antes. Quando ele era apenas uma criança pequena aprendendo a andar, rindo para meus pais. Agarrando o polegar do meu pai. Assoprando as velas em seu bolo de aniversário. Andando em círculos na sua bicicleta vermelha.

E então lá estou eu. Um bebê enrugado, feio e roxo. Mas você não saberia disso se perguntasse pro Khalid, pelo modo que ele olha para mim. Ele me segura com aqueles olhos brilhantes e sorri para seja lá quem for que está segurando a câmera, com a boca faltando alguns dentes.

— Esse é o seu irmãozinho — minha mãe diz fora da tela.

E Khalid assente, como se entendesse o que isso significa. O quanto é importante. Como se ele estivesse esperando a vida toda para ser meu irmão mais velho.

Mesmo quando eu choro, e mesmo quando aquele buraco no meu peito se expande e engole toda a tristeza do mundo, e mesmo quando eu rio e sinto que poderia explodir com toda a luz e o amor que tenho dentro de mim, ainda há aquela fagulha de raiva que carrego. Aquela centelha de raiva que sinto em relação ao Khalid.

Minha mãe ainda está amansando meu cabelo enquanto assistimos a um outro vídeo, meu pai está sentado em sua cadeira embrulhada em plástico. Apareço com três anos de idade, uma criancinha, e eu nunca percebi, mas eu me pareço com o Khalid naquela idade, tentando andar por aí e agarrar tudo o que eu podia. Khalid está me ajudando a ficar em pé. Quando eu caio, ele tenta me segurar e acaba caindo por baixo de mim, para que eu não me machuque.

— Khalid me disse uma coisa — digo — antes dele morrer.

Minha mãe e meu pai olham para mim. O vídeo continua passando, e fora da tela meu pai solta uma risada enquanto Khalid ri e eu pulo em sua barriga, gargalhando e tombando de lado.

— O que ele disse, King? — minha mãe pergunta com a voz suave.

Algo novo para ela saber sobre Khalid. Entendo a vontade dela de saber.

Eu fecho os olhos e recolho os joelhos rente ao peito.

— Eu estava falando com o Sandy — digo a eles. — Sandy disse que talvez fosse gay, e eu... — eu hesito, mas eu sei que não faz sentido ficar com medo agora. — Eu disse que pensava que talvez fosse também.

Meu pai tensiona a mandíbula enquanto desvia o olhar de volta para a tela da TV, mas os olhos da minha mãe formam rugas enquanto ela me observa, esperando que eu continue.

— Eu não sabia, mas Khalid me ouviu — conto a eles. — Khalid me ouviu dizer isso, e ele ouviu o Sandy também. Então naquela noite, ele me disse que eu não deveria mais ser amigo do Sandy.

Minha mãe respira fundo.

— *Você não quer que ninguém pense que você é gay também, não é?* — eu digo, repetindo suas palavras. — Foi isso que ele me disse.

— Ah, King — minha mãe diz, franzindo a testa. Ela pega o controle remoto e pausa o vídeo em uma imagem de Khalid e eu rindo juntos. — Seu irmão, ele não quis dizer nada com isso.

— Se ele soubesse que eu era gay, ele iria me odiar.

— Não — ela diz. — Ele não iria.

— Como você sabe?

— Porque ele te amava mais do que tudo — ela diz. — Você faz ideia do quanto ele ficou animado quando soube que ganharia um irmãozinho? — ela me pergunta. — Ele falava disso o tempo todo. Como ele faria qualquer coisa para te ajudar. Como ele iria te proteger.

Eu junto as mãos.

— Fazendo com que eu me odiasse?

— Não é isso que ele iria querer — ela me diz. — Ele nunca iria querer te machucar.

Ela olha de volta para a tela. Khalid ainda está lá, com um sorriso aberto.

— Ele provavelmente estava com medo por você. Eu entendo esse medo. Estou com medo por você também. Já é difícil o suficiente estar neste mundo com a cor da nossa pele. Você vai ter ainda mais dificuldades agora. Estou com medo por você, mas você é tão corajoso, King.

Eu olho para meu pai e, apesar de ele ainda não estar olhando para nada além da tela à sua frente, posso ver sua expressão se suavizando. Ele pisca e abaixa o olhar para as mãos em seu colo.

— Ele queria te proteger — minha mãe me diz. — Isso é tudo o que Khalid sempre quis.

Nós três ficamos acordados muito além da minha hora de dormir, e já sei que minha mãe e meu pai não esperam que eu vá para o colégio amanhã de novo. Eu sei que não podemos continuar assim, não para sempre. Eu preciso voltar para o colégio. Eu terei que lidar com Jasmine e todos os outros em algum momento.

Quando meu pai desliga o aparelho de DVD e a tela da TV, eu pergunto se eles sabem o que aconteceu com Sandy, mas minha mãe apenas acaricia meu cabelo de leve e me diz para não me preocupar.

— Mas onde ele está? — pergunto. — Ele não foi mandado de volta para o pai, foi?

— Não, Sandy não está com o pai — ela diz.

— Então onde ele está?

Ela hesita.

— Ele tem parentes em Baton Rouge — ela me conta. — Ele foi enviado para ficar com eles.

Ela deve notar a expressão em meu rosto, porque ela apenas passa a mão na minha cabeça de novo.

— Não se preocupe. Sandy está seguro agora. Tudo vai ficar bem, King.

Eu me arrumo para ir dormir e, como de costume, minha mãe vem até o quarto para me dar um beijo de boa noite. Antes que ela possa fechar a porta atrás de si, digo a ela que eu penso que estou pronto para ver um terapeuta, como ela queria que eu fosse. Ela me dá um sorriso, beija minha testa e me diz para dormir bem.

Eu durmo e sonho. Khalid está andando ao meu lado. Ele aponta para o alto com seu sorriso. Eu olho e uau — tipo, *uau*, aquele céu. Tem todas as cores do mundo. As cores rodopiantes do universo, embaladas em nossa pequena atmosfera aqui na Terra. É lindo. Mais lindo que qualquer coisa que eu já tenha visto. Tão lindo que mesmo quando acordo de novo, apenas fico ali com os olhos bem fechados, tentando me lembrar de cada cor.

19

Uma semana inteira se passa antes que eu pegue minha mochila para voltar ao colégio. Parece que minhas pernas e braços perderam os ossos quando eu me arrasto para fora de casa. Meu pai me faz perguntas no caminho de carro até lá, o assento de couro da caminhonete beliscando a parte de trás das minhas pernas.

— Você está feliz em voltar? — ele me pergunta, e quando eu digo a ele que não, ele me pergunta — Por que não?

Então conto a ele. Conto a ele que meus amigos não gostam mais de mim, já que não sou nada além de um grande mentiroso, e conto até mesmo sobre Jasmine. Conto como ela descobriu que eu acho que talvez seja gay. E não é minha intenção — não é mesmo — mas assim que eu começo a falar, não consigo parar. Conto a ele que estou feliz por ele me amar, não importa o que aconteça, mas ainda dói o fato dele precisar pensar sobre o fato de que sou gay — que ele não pode simplesmente me aceitar por ser quem sou. Conto a ele que não quero que ele sinta vergonha de mim. Conto tantas coisas que quando ele chega no colégio, ele estaciona a picape e só continua escutando, olhando para a frente pelo para-brisa — e mesmo que ele não esteja olhando para mim, posso ver que ele está prestando atenção em cada palavra que digo.

Quando acabo de falar, mal tenho cinco minutos até o primeiro sinal tocar, e meu pai pode se atrasar para o trabalho se não se apressar. Mas ele não parece se importar muito. Ele assente para si mesmo, mesmo que eu já tenha terminado de falar, como se estivesse escutando um espírito sussurrando em seu ouvido.

— Bem — ele diz após assentir com firmeza algumas vezes. — Bem, tudo que você pode fazer é pedir desculpas para seus amigos.

É como se ele não tivesse nem ouvido tudo mais que eu disse, sobre o que me machuca, sobre eu ser gay, mas esse é apenas o jeito do meu pai.

— E se eles não aceitarem o meu pedido de desculpas? — pergunto. — E se Jasmine só continuar a me odiar para sempre?

— Então essa é uma escolha dela — ele diz. — Mas mesmo se eles não aceitarem o seu pedido de desculpas, você vai ficar bem. Você vai seguir com a sua vida.

Ele diz que me ama, estendendo a mão para apertar meu ombro. Eu sei que esse é o momento em que eu deveria dizer que o amo também, e digo — eu amo meu pai. Mas ainda há um eco de dor, bem no meio dos meus pulmões.

— É difícil — ele me diz de repente. Sua voz soa rouca, então ele a limpa. — É difícil, começar a pensar em você de um jeito diferente.

Estou tão surpreso que ele está sequer falando sobre o assunto que não abro a boca por um longo tempo.

— Estou tentando — ele diz. — Você sabe disso, né? Mas é difícil. Tenho todas essas ideias do que significa ser gay. Tudo o que meu pai me disse, e que disseram ao meu pai antes de mim, e eu não sei se é certo ou errado, mas eu sei que te amo.

— Mas por que deveria ser tão difícil? Por que você precisa ter dificuldades com o fato de que sou gay, mas não tem dificuldades com o fato de que sou negro?

— Não é a mesma coisa, King.

Talvez não seja exatamente a mesma coisa, mas parece bem parecido para mim.

— É o mesmo tipo de ódio. Os tipos de coisas que as pessoas fazem ou dizem porque sou negro se parecem muito com os tipos de coisas que as pessoas fazem ou dizem porque sou gay. Talvez você só não consiga ver isso, mas é verdade. Se você fosse branco, me odiaria por ser negro também?

O tom da minha voz subiu sem que eu percebesse, mas meu pai não briga comigo por subir o tom de voz com ele. Ele solta um suspiro profundo e limpa a boca com a mão, a outra ainda no volante, apesar dele não estar dirigindo.

— Eu sei que tenho muito o que refletir — ele diz, e por um instante, é como se eu pudesse sentir algo dentro dele, uma rocha de dor, endurecida depois de todos os anos em que ele viveu, todo o ódio a que ele sobreviveu, e perder um filho além disso tudo também. — Tenho muito a aprender — ele me diz. — Mas vou aprender, porque amo você.

Ele olha para mim e, aqui e agora, eu sei que ele está me vendo — não o fantasma do Khalid, ou quem meu pai pensa que eu deveria ser, mas o meu eu verdadeiro. Ele sorri um pouco, como se fosse inevitável, e coloca a mão no topo da minha cabeça, do jeito que Khalid costumava fazer.

— Acho que não é tão difícil. Não há nada tão difícil quando se ama alguém tanto quanto eu amo você.

Quando as lágrimas começam a fazer arder meus olhos, eu não me viro, envergonhado que meu pai veja. Eu digo a ele que o amo também, e ele abre um sorriso largo para mim, bagunçando meu cabelo, antes de me dizer que eu deveria entrar antes que eu me atrase, e que vai me ver depois da aula. Eu saio do carro e bato a porta atrás de mim. A picape do meu pai começa a rugir em partida, e eu continuo olhando para ele até sumir. O sinal toca. Eu respiro fundo, seco meus olhos e me viro.

Todo mundo no banco está pegando suas mochilas e livros didáticos. Camille está tagarelando com Breanna, e Darrell sai correndo na frente com Anthony. Apenas Jasmine percebe que estou me aproximando. Percebo que ela está pensando intensamente se quer me ver ou não — se quer falar comigo. Eu paro na frente dela, segurando minha mochila com força.

— Você está aqui — ela me diz. — Você sumiu por tanto tempo, comecei a pensar se voltaria algum dia.

Estou com tanto medo que acho que poderia desmaiar aqui mesmo.

— Tô de volta — digo a ela, minha voz saindo desafinada e aguda.

Ela me olha de cima a baixo, e então diz:

— Vamos lá. Vamos nos atrasar.

Mas antes que ela possa se virar, eu estendo a mão e toco em seu braço.

— Espera — digo. Ela parece surpresa, mas fica ali e espera.

— Me desculpa — digo a ela. — Eu sinto muito, muito, muito mesmo.

Pela expressão em seu rosto, eu não sei se Jasmine está pronta para me perdoar. Ela cruza os braços e os segura junto ao corpo.

— Por que você mentiu para mim, King?

Há um monte de desculpas que eu poderia dar agora. Sandy me obrigou a jurar que eu não contaria a ninguém sobre ele. Khalid não iria querer que eu contasse a ninguém que eu talvez fosse gay. Há tanto que eu poderia dizer — mas o que acabo contando a Jasmine é o mais próximo da verdade que consigo pensar.

— Eu estava com medo — digo.

— Com medo? — ela diz, franzindo a testa. — Do quê?

— De tudo — digo a ela. — Com medo de que você não ia mais querer ser minha amiga.

Eu estive com medo de muitas coisas nesses últimos meses, mas quando o assunto envolve Jasmine, percebo que esse era o meu maior medo de todos. Até mesmo agora, estou com medo de que ela vá me dizer para ficar longe dela. Que ela nunca vai poder me perdoar. Mas eu me lembro do que meu pai me disse. Mesmo se ela não perdoar, ainda assim ficarei bem.

O sinal toca de novo. Jasmine olha por cima do ombro, e eu vejo Camille e Breanna em pé nos degraus de entrada do colégio, nos observando. Ela olha de volta para mim.

— Vamos lá — Jasmine diz. — Vamos nos meter em encrenca se não nos apressarmos.

Eu a sigo, feliz por ela me deixar correr atrás dela. Quando chegamos aos degraus de entrada, Camille franze os lábios e me ignora, mas Breanna abre um sorriso enorme para mim enquanto me dá as boas-vindas de volta. Nós quatro nos apressamos pelo corredor, e mesmo que haja muitas coisas pelas quais eu preciso ser perdoado — mesmo que eu tenha cometido muitos erros — eu sei que ser quem sou não é uma delas.

E acredito nisso. Eu acredito que tudo ficará bem. Acredito tanto nisso que falo em voz alta. Camille me dá um olhar estranho enquanto corremos, e Breanna me lança um olhar curioso, mas Jasmine — acho que ela entende, porque pela primeira vez desde que me viu de novo, ela me dá um sorriso

— É — ela diz — Também acho.

Outra semana se passa. O tempo que passei no bayou com Sandy parecia imutável, imortalizado como em uma pintura ou um livro, mas agora o mundo está acelerando como se estivesse tentando compensar pelo tempo que esteve congelado. Estou me acostumando com um monte de coisas novas. Como dizer a Jasmine que sou gay, de uma vez por todas, e ela me ajudando a contar a Breanna e a Anthony, que disseram que tudo bem, como se não fosse nada de mais. Breanna me perguntou se eu contaria a Camille e Darrell também, mas acho que não vou. Não estou preparado para que todo mundo saiba, e isso foi algo que aprendi com Sandy. Nem todo mundo precisa saber se eu não quiser que saibam.

É no colégio, no banco de Camille, que eu ouço a novidade sobre Sandy Sanders. Aparentemente, Camille ouviu de Nina, que ouviu de Zach, que Sandy — que esteve em Baton Rouge com uma tia pelas últimas semanas — está de volta em nossa cidadezinha. Mas, dessa vez, ele não está morando com o pai. Passou em todos os noticiários três dias atrás: como o xerife Sanders estava espancando os dois filhos e que ele foi preso, o distintivo retirado dele e tudo mais.

Sandy está morando com seu irmão, Mikey, que tinha idade o suficiente para comprar um pedaço de terra perto da fronteira da cidade. Camille nos diz que Sandy não voltará ao colégio esse ano. Ele já perdeu dias demais. Mas não estou preocupado, nem um pouco. Eu sei que o verei de novo. Não sei se ele vai me perdoar. Não sei se poderemos ser amigos. Mas não importa o que aconteça, eu sei que nós dois ficaremos bem no fim das contas. Ficaremos bem.

É isso que penso comigo mesmo quando ando para casa, e vejo Sandy Sanders bem ali, do outro lado da rua. Ele está me observando e, naquele momento, eu não sei o que Sandy sente ou pensa sobre mim. Mas quando ergo a mão para acenar para ele, e ele acena com a cabeça de volta antes de continuar andando, penso comigo mesmo repetidas vezes: Ficaremos bem.

As libélulas são as mesmas que sempre foram. São as mesmas que sempre serão. Eu fico em pé ali em frente à água, encarando — observando-as pairarem e voarem e cortarem o ar, e não consigo deixar de sorrir. Khalid não era uma libélula. Ele não era nada que eu podia ver ou tocar. Mas ele esteve comigo o tempo inteiro. Ele ficará comigo até o fim dos tempos.

Eu fecho os olhos e faço uma breve oração para Khalid. Faço com que ele saiba que o amo, e que sinto sua falta. E quando digo adeus às libélulas — não sei, talvez seja apenas uma coincidência — mas quando digo adeus, naquele mesmo segundo, elas explodem em direção ao céu. Se espalham e rodopiam e voam para lá e para cá, suas asas reluzindo com todas as cores do universo.

Agradecimentos

Primeiro, preciso agradecer à minha incrível editora, Andrea Davis Pinkney. Há poucos editores que entendem como editar a alma de um romance, e Andrea é uma verdadeira mestre. Além disso, eu não teria escrito *King e as libélulas* se não fosse por Andrea. Foi enquanto jantávamos em um evento que Andrea fez um comentário sobre o fato de que ela nunca havia visto um livro *middle-grade* com um protagonista que fosse um garoto negro e gay. Eu percebi que também nunca havia lido um livro *middle-grade* com um garoto negro e gay.

Essas foram as palavras que deram inspiração para King, mostrando o poder da maravilhosa capacidade de Andrea de ajudar a guiar e nutrir a criatividade. A ideia cresceu em mim até que, finalmente, um dia eu me sentei com o laptop e King e sua história de luto, autoaceitação e pertencimento inundaram a página. Muito obrigado, Andrea, por ser parte dessa centelha de inspiração.

Scholastic é o lar perfeito, e o único lar que posso imaginar para King, constituído por pessoas incríveis que ajudam a fazer da editora uma família: Jess Harold, David Levithan, Emily Heddleson, Lizette Serrano, Jasmine Miranda, Lauren Donovan, Matt Poulter, Deimosa WebberBey, Roscoe Compton, Josh Berlowitz, Baily Crawford e todo mundo que trabalhou incansavelmente nos bastidores. Muito obrigado a todos vocês.

Agradeço a Beth Phelan, minha superagente e amiga, que sempre esteve ao meu lado nessa incrível jornada.

Agradeço à minha família, que sempre amou e apoiou a minha escrita: mãe, pai, tia Jacqui, Curtis e Memorie — amo todos vocês!

E, finalmente, agradeço aos leitores, professores e bibliotecários que trabalharam para garantir que cada criança se encontre refletida nas histórias que leem, para que possam saber que não estão sozinhas. Todos vocês me inspiram a continuar escrevendo.

Este livro foi publicado em fevereiro de 2022 pela
Editora Nacional, impressão pela Gráfica Impress.